河出文庫

シャーロック・ホームズ全集①

緋色の習作

アーサー・コナン・ドイル
小林司／東山あかね 訳
［注・解説・年譜］O・D・エドワーズ／高田寛 訳

河出書房新社

緋色の習作 ◎ 目次

目次

はじめに

日本語に訳されたシャーロック・ホームズ物語は多種あるが、その六十作品全てを訳出された延原謙さんの新潮文庫は特に長い歴史があり、多くの人に読みつがれてきた。彼の訳文は典雅であり、原文の雰囲気を最もよく伝えていたが、敗戦後まもなくの仕事であったから、現代の若い人達には旧字体の漢字を読むことができないなど不都合が生じてきた。そこで、ご子息の延原展さんが当用漢字ややさしい表現による改訂版を出された。こうして、親子二代による立派な延原訳が個人による全訳としては存在している。

しかしながら、私どもシャーロッキアンとしては、これまでの日本語訳では満足できない面があった。どんな点に不満なのかを記すのは難しいが、一例を挙げておこう。たとえば、言語的に、また、文法的に正しい訳文であっても、ホームズとワトスンや刑事などの人間関係が会話に正しく反映されていなくては困るなど、である。また、ホームズの話し方が「……だぜ」「あのさー……」などというのと、「……だね」「それでね……」というのとでは品格がまるで違ってしまう。さらに、表現をなるべくわかりやすく簡潔な日本語にしたいと思った。

本書を出すもう一つの目的は、注釈をつけることであった。既にベアリング・グールドによる大部な注釈が存在しているが、これはあまりにもシャーロッキアン的な内容であった。事件が起きた月日を確定するために、当日の実際の天候記録を参照するなどである。もっと偏りのない注釈を私どもの手で付けようとして準備を進めていたところへ、英国のオックスフォード大学出版部から学問的にこれ以上のものを望むことのできないほど素晴らしい注釈のついたシャーロック・ホームズ全集が一九九三年に刊行された。屋上屋を重ねる必要はないので、私どもの案をやめて、オックスフォード版の注釈を訳出することにした。先に、グールドの注釈を全訳し、その後ロンドンに住んでおられた高田寛さんが幸いにもその大役を引き受けてくださったので、私どもが訳した本文以外の部分は全部オックスフォード版から高田さんに訳していただいた。ご覧になればわかるとおり、今回のホームズ全集は小林・東山・高田の合作である。

本文の底本としては、これまで一貫してホームズ全集を発行し続けてきたジョン・マリ社版（第二三版、一九七三年）を用いた。原著者ドイルが一番信頼を寄せていたテキストである。事件発生日その他、原著の誤りと思われる点もいくつかあるが、ドイルが訂正をしなかったマリ社版をそのまま忠実に邦訳した。他の訳者による邦訳では、修正して訳出した訳書もあるが、「間違いにもまた意味がある」との立場から今回はあえてそうしなかった。

本巻収録作の書名は、これまで「緋色の研究」と訳されてきたが、土屋朋之さんの指摘どおり、これは誤訳であると思われるので「緋色の習作」に改めた。「緋色で描いた習作の絵」というほどの意味である。原著出版当時、英国の美術界で「青色で描いた習作（エテュード）」などという題名が流行していたから、ドイルもそれを採り入れたのであろう。誤訳であることについては、田中喜芳さんの広範な国際的アンケート調査があるが、私どももロンドンのシャーロッキアン多数に尋ねて、確実を期した。

なお、モルモン教については、なにしろ百年以上昔に書かれた文学作品でもあり、記述を曲げて翻訳するわけにもいかないので、ドイルの記載通りに訳出した。私どももソルトレーク・シティまで足を運んで確かめたのであるが、現在では無論ここに描かれているような状況は存在していないし、一夫多妻制度もずっと前に廃止されている。読者が、本書によってモルモン教に対する偏見を抱かれないようにお願いしたい。

また、本書にのせたイラストは、『緋色の習作』（ウォード・ロック・アンド・ボウデン社）一八九四年版のハッチンソンによるイラスト全部の復刻である。

最後に、「Doctor」には「医者」という意味と「博士」という意味があり、Doctor Watsonを「ワトスン博士」と訳してあるものもあるが、ワトスンは医学博士ではなかったという見解から全編をとおして「ワトスン先生」と、冒頭も「医学士」と訳出してあることをお断りしておきたい。

当時の医学教育の実情を検討してもワトスンは医学博士号を取得していなかったとしたからで、詳細は『シャーロック・ホームズ大事典』（東京堂出版）の「医学士ワトスン」を参照いただきたい。また、この件については注釈部分の訳者高田寛とは意見を異にしていることをお断りしておきたい。

英国のシャーロッキアンの間でも意見が分かれているようにも聞いている。最近では「ドクター・ワトスン」としているものも散見する。

小林司／東山あかね

シャーロック・ホームズ全集①

緋色の習作

小林司／東山あかね訳

挿絵　ジョージ・ハッチンソン

第一部
もと陸軍軍医・医学士ジョン・H・ワトスンの回想録からの復刻

第1章　わが友シャーロック・ホームズ

一八七八年にロンドン大学で医学士号を取得(1)したわたしは、軍医になるためにネットリー陸軍病院(2)で研修を受けることにした。そこでの研修を修了すると、順当に第五ノーサンバーランド・フュージリア連隊に軍医補として配属された。その頃連隊はインドに駐留していたが、着任する前に第二次アフガン戦争が勃発《ぼっぱつ》し、そのためわたしがボンベイに上陸した時、わたしの連隊は既に敵地の奥深く進軍してしまっていた。そこで同様に取り残された多くの軍人と共に連隊の後を追

い、カンダハルで無事に合流し、任務についた。

この戦争で多くの者は勲章《くんしょう》を受け、昇進したが、わたしはひどい目にあっただけだった。まずわたしの連隊からバークシャ連隊付きに移され、あのマイワンドの激戦(3)に参加することになったのだ。そこでジーザイル弾(4)で肩を撃《う》たれた(5)。骨は砕け、鎖骨下動脈(6)をかすめるという大けがだった。衛生兵《えいせいへい》(7)のマレイ(8)の献身《けんしん》と勇気とがなかったら、わたしはあの残忍きわまるイスラム兵に捕まっていただろう。マレイはわたしを荷馬《にうま》の背に乗せ、イギリス軍戦線まで運んでくれたのだ。

けがと長い間の激務からすっかり体の弱ったわたしは、ほかの多くの傷病兵《しょうびょうへい》とともにペシャワルの基地病院へ移送された。そこで体力を回復し、病棟内を歩いたり、少しならベランダ(9)で日光浴ができるまで元気になった、その時に、わがインド領で悪名高い腸熱にかかってしまった。数ヶ月の間、わたしは生死の間をさまよい続けた。意識を取り戻し、回復に向かったものの、体力の消耗が著《いちじる》しかったので、軍はわたしの即時本国送還を決めた。やがて兵員輸送船オロンテーズ号に乗せられ、一ヶ月後にポーツマス桟橋《さんばし》に上陸した。体は完全な健康回復が危ぶまれるほどにガタガタだったが、健康を回復すべく、国は向こう九ヶ月間の静養休暇を与えてくれた。

イギリスに親類縁者はいなかったので、わたしは完全にというか、一日に十一シリング六ペンスの支給額が許す範囲で自由だった。そんなわたしが、大英帝国のあらゆる怠け者が引き寄せられるあの巨大な汚水溜めのような大都会、ロンドンで暮らすようになったのは当然の成り行きだ。ロンドンではストランドのホテルに泊まり、無為《むい》徒食《としょく》の暮らしを送った。気ままに、身分不相応に暮らすうちに、わたしの経済状態は破産寸前となり、ロンドンを離れて田舎で暮らすか、生活態度を改めるかを決めざるをえなくなっていた。そこで後者を選ぶことにし、ホテルを出て、もっと質素で金のかからないところに住むことにした。

この決心をしたその日、クライテリオン・バー(10)の前に立っていると、誰かに肩を叩かれた。振り向いて見ると、むかしセント・バーソロミュー病院(11)でわたしの手術助手(12)だったスタンフォード青年であった。広い都会で見知った顔に出会うのは、孤独な人間にはうれしいことだ。彼とは特に親しかったというわけではなかったが、大いに喜ぶと、彼のほうもうれしそうだった。あまりになつかしかったのでホーバーンのレストランで昼食を食べようと誘い、二人で辻馬車《ハンサム》(13)に乗った。

「ワトスンさん、何をなさっていたのですか？」雑踏《ざっとう》の中を走りぬける馬車の中で彼がいかにも不思議そうにたずねてきた。「そんなに痩《や》せて、それにすごく日焼けしていますね」

わたしの体験を手短に説明したが、話し終わらないうちにレストランに着いてしまった。

「たいへんだったのですね」わたしの体験を聞き終わると同情を込めて言った。「それで今は何をされているのですか？」

「下宿を探しているのだ。適当な料金で良い部屋はないかと思ってね」

「不思議なことがあるものですね」スタンフォードは言った。「今日その話をぼくにするのはあなたで二人目ですよ」

「最初の人というのは誰かね？」

「病院の化学実験室にいる男です。良い部屋を見つけたけれど、一人では部屋代が高すぎるので、家賃を半分負担してくれる同居人がいないかな、って今朝言ってましたよ」

「ほう、それが本当なら、まさしくわたしにうってつけだね。わたしも一人でいるより仲間がいたほうがいい」

スタンフォード青年はワイングラスを手に、妙な目つきでわたしを見た。「でも、シャーロック・ホームズのことはまだ知らないのだし、同居人としては気に入らないかもしれないですね」

「どうして？　何か悪い評判でもあるのかい？」

「いや、そうではありません。ただ、彼は考えていることが少し変わっていて、ある種の科学に夢中というだけで。なかなかいい男ですよ」

「医学生とか？」

「いいえ。と言って、他に何をしているのかわかりません。解剖学《かいぼうがく》に精通しているし、化学者としても一流だけれど、医学を系統立てて勉強したことはないようです。研究していることはとりとめがなく、変わっているけれど、教授たちをびっくりさせるような珍しい知識を持っていたりします」

「何をしているのかたずねたことはないのかね？」

「いや、そんなに簡単に話を引き出せるような男ではないのです。気が向けば大いに話をしますがね」

「一度会ってみたいね。同居人にするなら勉強家で静かな人がいい。まだ健康体とはいえないから騒《さわ》がしい暮らしは願い下げだ。アフガニスタンで一生分を経験してしまったからね。どうしたらその男に会えるだろうか？」

「実験室にいると思いますよ。何週間も現われないかと思うと、朝から晩までこもっているんです。よろしければ食事のあとで行ってみませんか？」

「では、そうしてくれたまえ」それからは他のことに話がはずんだ。

　ホーバーンから病院へ行く途中で、スタンフォードはわたしの未来の同居人についてもう少し詳しく話してくれた。

「彼とうまくいかなくてもぼくのせいにしないで下さいね。彼とは実験室でたまに会って話をするくらいで、よくは知らないのですから。これはあなたのご希望で、ぼくの責任ではありませんよ」

「二人がうまくいかなかったら別れるだけのことだ。スタンフォード、君はこの件から手を引きたがっているように見えるけれど、何か理由があるのかい？　たとえば彼はひどい癇癪持《かんしゃくも》ちだとか？　はっきり話してくれたまえ」

「うまく説明できないんですよ」スタンフォードはちょっと笑いながら答えた。「ホームズは、ぼくにはちょっと科学的すぎるというか、冷酷に思えるんです。たとえば最新の植物性アルカロイド[14]の効果を正確に知るためなら、友人に一服飲ませるなんてことをやりかねない。もちろん悪意からではなく、純粋に探求心からです。彼のために言っておくと、彼なら自分でも飲むと思いますよ。正確な知識を求めてやまないといったところかな」

「それは結構じゃないか」

「でも、ものには限度というものがあります。解剖室の死体をステッキで叩いて回るとなると、もう不気味ですよ」

「死体を叩くだって！」

「そうです。死後打《だ》撲傷《ぼくきず》がどれだけ残るかをみるためといって。ぼくはこの目で見たのです」

「それでも医学生ではないというのだね？」

「ええ。彼の研究の目的が何だか誰も知りません。さあ、着きました。自分の目で見て判断して下さい」細い路地を通って、小さな裏口を入ると大病院の病棟の一つの中だ。勝手を知った場所だから案内してもらう必要はない。寒々とした石の階段を上り、白い壁と灰褐色《はいかっしょく》のドアが続く長い廊下を歩いていった。廊下のつきあたりの少し手前で低い天井のある通路を曲がり、化学実験室に着いた。

そこは広々とした部屋で、たくさんの瓶が、あるものは転がったまま、あるもの⑮は整然と並べられていた。大きくて、⑯脚の低いテーブルがあちこちにあり、レトルトや、試験管、青い炎のゆらめくブンゼン灯が所狭しと置かれている。部屋には男が一人いるだけで、奥のテーブルに身をかがめて、実験に没頭していた。わたしたちの足音を聞きつけ、振り向くと、うれしそうに大きな声を上げ、立ち上がった。「発見した！　発見したのだ」試験管を手に、走り寄ってきた。「ヘモグロビンで沈殿《ちんでん》する試薬を発見したのだ。ヘモグロビン以外には反応しないのだ」たとえ金鉱を発見したとしても、こんなうれしそうな顔をしないだろう。

「こちらワトスン先生。シャーロック・ホームズさんです」

「はじめまして」彼はていねいに挨拶すると、思いがけず強い力でわたしの手を握りしめた。「アフガニスタンにおられたのでしょう？」

「どうしてそれがおわかりですか?」わたしはびっくりしてたずねた。

「まあ、気にしないで」彼はうれしそうに笑った。「それよりヘモグロビンですよ。この発見の重要性はおわかりでしょう?」

「化学的には、たしかに興味深いですね。ただ、実用的にはどうでしょう」

「とんでもない、これは近年における最も実用的な法医学上の発見です。このおかげで血痕を検出する確かな方法ができたのですよ。こちらへ来て見て下さい」彼は夢中になるとわたしの服の袖《そで》をつかみ、奥のテーブルへ引っ張っていった。「新しい血を採りますよ」千枚通しを自分の指に刺すと、出てきた血を一滴ピペット[17]に吸い採った。「さて、この少量の血を一リットルの水に加えます。それでも見たところはふつうの水と同じですね。血の含まれる割合は百万分の一以下ですが、きちんと反応します」こう言いながら彼は溶液の中に白い結晶体を二つ三つ放り込んだ。そして透明な液体を数滴加えると、たちまち溶液はにぶいマホガニー色[18]に変わり、ガラスの器の底に茶色がかったカスのようなものが沈殿した。

「ほ、ほ、ほ!」彼は新しいおもちゃを手に入れた子どものように、手を叩いて喜んだ。「どんなものです?」

「なかなか敏感な試薬のようですね」

「そうです! 古いグアヤック・チンキ検査法[19]は面倒で、不正確だった。血球がある

かないかを顕微鏡で調べる方法も同じです。この場合、血痕が数時間前のものだと結果は信頼できません。その点、新しい試薬は血液が新しいか古いかに無関係です。もっと早くにこの試薬が発見されていたら、今大手を振って外を歩いている何百という人間が正当な裁きを受けていたでしょうね」

「なるほど！」

「ある事件が犯罪であるかどうかの決定はこの一点にかかっているのです。たとえば、事件後何ヶ月かしてある男に疑いがかかったとする。彼のシーツとか洋服が調べられ、茶色がかったしみが見つかる。これは血のしみか、泥か、錆《さび》なのか？　それとも果物のしみか、何なのだろう？　多くの専門家たちを悩ませてきた問題です。なぜでしょう？　それは信頼できる検出法がなかったからで、ここにシャーロック・ホームズ検出法ができたからには、もはや何も問題はないのです」

話している彼の目は輝《かがや》いていた。胸に手をあてると、目に見えない聴衆の拍手に応えるようにお辞儀をした。[20]

「それはおめでとうございます」彼の熱心さに驚きながら言った。

「去年フランクフルトで起きた事件のフォン・ビショッフなど、この試薬があったら確実に処刑されていたはずです。他に、ブラッドフォードのメイスン、悪名高いマラー、モンペリエのルフェーブル、ニュー・オーリンズのサムスン。この試薬があったら解決できた事件をもっと数え上げることができますよ」

「まるで歩く事件簿ですね」スタンフォードが笑いながら言った。「この方面の新聞を発行したらいかがですか。名前は『過去の警察新聞』がいい」

「きっとおもしろい読み物になるだろうね」シャーロック・ホームズは指の傷口に小さな絆創膏《ばんそうこう》を貼りながら答えた。「気をつけないとね。毒物をよく扱うので」手をわたしのほうに伸ばしてみせた。同じような絆創膏がいくつも貼ってあり、皮膚は強い酸のために変色していた。

「今日は用があって来たのです」スタンフォードは三本脚の高い腰掛けに腰をかけ、わたしにも一つ、足で押してよこした。「この方は下宿を探しているのです。あなたも家賃を折半して負担してくれる人が見つからないって嘆《なげ》いていたので、お二人を会わせようと思ったのです」

シャーロック・ホームズはこの話が気に入ったようだった。「ベイカー街の下宿に目をつけてあるのです。二人にもってこいですよ。強いタバコのにおいを嫌いでないといいのですが」

「わたしもシップスのタバコ(21)を吸いますから」

「それは結構。いつも化学薬品をそばに置いて、ときどきは実験もします。邪魔になりますか？」

「すこしも」

「それから、ぼくの欠点は、えーとまだあるかな？ ときどきスランプに落ち込んで、何日もずっと口をきかないことがありますが、怒っているわけではありません。ただ放っておいて下されば、すぐ直りますから。あなたのほうからは、何か言っておくことはありませんか。二人の人間が一緒に暮らすには、お互いの短所を知っておくほうがいいですからね」

この反対尋問には笑ってしまった。「わたしは体内にブルドッグの小犬をかかえているような癇癪《かんしゃく》持ち[22]です。神経が疲れているので騒音には我慢できません。朝起きる時間はまちまちで、たいへん怠け者です。健康なときならば、もっと欠点がありますが、今のところ主なものはこんなところです」

「ヴァイオリンの音は騒音に入りますか？」彼は心配そうに尋ねた。

「弾き手の腕によりますね。上手なものを聴くのはこの上ない喜びですが、そうでないとね」

「その点は大丈夫です」彼はうれしそうに笑った。「話は決まったと思っていいですね——もちろん部屋が気に入ればのことですが」

「部屋を見に行くのはいつにしましょうか？」

「明日の昼、ここに来て下さいませんか。一緒に行って、決めましょう」

「では、正午に」

実験に戻ったホームズを残して、わたしたちは一緒にわたしのホテルへ向かった。

「それにしても」わたしは急に足を止め、スタンフォードにたずねた。「いったい全体どうしてわたしがアフガニスタンから帰って来たのがわかったのだろう」

スタンフォードは意味ありげに笑ってみせた。「そこが彼の変わった癖なのです。どうしてわかったのか、皆が知りたがっていますよ」

「すると、誰にもわからないのだね」わたしはうれしくなった。「刺激的だな。彼に紹介してくれて感謝するよ。『人間のなすべき研究は人間である』(23)というからね」

「それなら彼を研究すべきですね。でも、なかなか難しい研究対象ですよ。あなたが探り出すより、彼があなたから探り出すことのほうが多いでしょうね。賭けてもいいですよ。では、さようなら」

「さようなら」わたしは、会ったばかりのホームズに大いに興味を感じながら、ホテルへ戻った。

第2章　推理の研究

翌日、約束どおり待ち合わせをし、ベイカー街二二一Bの部屋(24)を見に行った。そこは居心地がよさそうな寝室が二つに、広々とした居間が一室。感じのいい家具がついていて、二つの大きな窓から、日が明るく射《さ》し込んでいる。すべての点で気に入ったし、家賃も折《せっ》半《ばん》すればそこそこだったので、交渉成立、すぐにその部屋を借りることにした。わたしはさっそくその日の夕方、ホテルを引き払って移ってきた。ホームズは次の日の朝、数個の箱と旅行カ

バンを持ってやって来た。それから一日、二日は二人とも荷物を片づけることに追われた。それが済んでようやく落ち着き始めた。

ホームズは一緒に暮らすには決して難しい相手ではなかった。彼の暮らしぶりは静かで、規則正しい。夜は十時過ぎまで起きていることはめったになく、朝はわたしが起きる前に食事を済ませ、出かけてしまう。何をしているかというと、あるときは化学実験室で研究をし、解剖室にいるときもある。またときどきは長い散歩に出かける。ロンドンの下層階級の人々が住む所にも足を延ばしているようだ。熱心に研究しているときは発作でも起こしたのかと思えるほど精力的だが、その反動で、幾日も続けて居間のソファに横になり、口をきかなくなる。朝から晩まで体をピクリとも動かさない。こんなときの彼はとろりとした目をしていて、日頃のきちんとした生活ぶりを知らなければ、麻薬でも常用しているのではないかと疑ってしまうところだった。

一緒の生活が続くにつれ、彼という人間に対するわたしの興味はますます深まった。彼の人生の目的を知りたいという好奇心はますます増した。彼の外見は、あまり注意深くない人間の目にもとまるようなものだった。身長は六フィート（一八〇センチ）を超えている。非常に痩《や》せているので、実際以上に背が高く見える。目は鋭く、視線は射るようだ。それも、前に話した無気力のときは別だが。肉の薄い、鷲鼻《わしばな》のおかげで、彼は俊敏《しゅんびん》で、決断力のある人間に見える。あごも角ばって、突き出て、意志の固い人間であることを示していた。両手はいつもインクで汚れ、化学薬品のしみがついていたが、手先はおそろしく器用だった。壊れやすい実験道具を上手に扱っているのをよく目にしているからわかる。

読者の皆さんは、わたしが同居人に好奇心を抱いたり、自分のことを何も話さない彼から個人的な話を引き出そうとしたと聞くと、わたしのことを詮索《せんさく》好きなお節介だと思うかもしれない。しかし、そう決める前にわたしの置かれた状況を考えてみていただきたい。人生に目的を持たず、関心をひくものは何もなかった。体力が充分でないので、天候が本当に穏やかでなければ外出もできず、訪ねてくれる友達もいなかったので毎日が単調そのものだった。だから、彼の周りにただよう謎の香りは大歓迎で、その謎の糸をほぐすのに多くの時間を費やした。

彼は医学を研究しているのではなかった。この点は、彼にたずねると、スタンフォードが言っていたとおりだった。まとまった研究をして、学位を取ったり、学界に入ろうという気持ちはないようだった。しかし、ある種の学問に対する情熱は激しく、偏《かたよ》ってはいるが、知識は豊かで、精密だったので、彼の観察眼にはよく驚かされた。人間は目に見えるはっきりとした目的がなければ、あれほど勤勉に働き、正確な情報を得ようとはしないものだ。乱読しても知識が正確にはならない。何か理由がなければ、小さなことに心を悩ますこともない。

彼の知識にはびっくりしたが、無知なことにも驚かされた。現代の文学、哲学、政治学に関する知識は皆無のようだ。わたしがトーマス・カーライルを引きあいに出したとき、彼は無邪気に、カーライルとは何者で、何をした人かとたずねた。こんなのはまだ序の口で、ホームズがコペルニクスの地動説も太陽系の仕組も知らないことを偶然発見したとき、わたしの驚きは頂点に達した。この十九世紀に生きる文明人で、地球が太陽の周りを回っていることを知らない人間がいるとは、信じられなかったのだ。

「驚いているようだね」わたしのびっくりした顔を見て、ホームズは笑った。「知ってしまったから、今度は忘れるように努力しよう」

「忘れるだって！」

「そうだよ。人間の脳はからっぽの屋根裏部屋のようなもので、好きな家具を詰めていくものだと思うんだ。愚《おろ》かな人間は手当り次第にガラクタを詰め込むものだから、役に立つ知識を入れる場所がなくなるか、取り入れても他のものとごちゃまぜになって、取り出すことができなくなるのだ。熟練した職人は、何を脳という屋根裏部屋に取り込むかに注意深くなる。仕事に必要な道具だけを取り込んで、分類し、きちんと整理しておくのさ。この小さな部屋の壁は伸縮自在で、いくらでも広がると考えるのは大きな間違いだ。新しい知識を加えるということは、むかし覚えたことを忘れるということなのだよ。だから、無用の知識を採り入れて、有用な知識を追い出したりしないようにするのが非常に大事なのだ」

「しかし、太陽系を知らないとは！」

「それがぼくにとって何だと言うんだい？」彼は我慢できないように口をはさんだ。「ぼくたちが太陽の周りを回っているというけれど、月の周りを回っていたとしても、ぼくにも、ぼくの研究にも影響はない」

わたしは思わず、何の研究かとたずねそうになったが、彼の態度はそれを拒んでいるようだったので、やめた。その代わり、彼との短い会話を思い出し、自分で推理することにした。自分の目的に関係ない知識は覚えないと言っていた。だから、彼がいま持っている知識はすべて彼の役に立つものということになる。そこで、彼がよく知っていると思われる点を数え上げてみた。最初は頭の中で考えていたが、そのうち紙に書き出してみることにした。できあがった一覧表を眺めてついにやにやしてしまった。

シャーロック・ホームズの知識

1　文学の知識——なし
2　哲学の知識——なし

3　天文学の知識――なし
4　政治学の知識――なし
5　植物学の知識――偏《かたよ》っている。ベラドンナ、(25)アヘン、(26)毒物一般には精通しているが、園芸のことは知らない。
6　地質学の知識――実用的なことはよく知っているが、限られている。ひと目見ただけでどの場所の土であるか、当てることができる。散歩から戻って、自分のズボンにあがったはねを見ながら、色や成分から、ロンドンのどこであがったはねかを説明してくれたことがある。
7　化学の知識――深い。
8　解剖学の知識――正確だが、系統立ったものではない。
9　大衆文学の知識――幅広い。今世紀に起きた凶悪犯罪事件はすべて、細かいことまで知っているようだ。
10　ヴァイオリンを上手に弾く。
11　棒術《ぼうじゅつ》、(27)ボクシング、剣術の名人。
12　英国の法律に関する実用的知識は豊か。

ここまで書いて、あきらめてリストを暖炉《だんろ》に放り込んでしまった。これだけの知識を動員してめざしているものは、何なのだろう。これだけの知識が必要な職業は何か、考えてみたが、あきらめたほうがよさそうだった。

前のリストの中で、彼のヴァイオリンの腕前について少し触れたが、こちらのほう(28)も他の才能同様すばらしいが、偏ったものだ。わたしが頼むとメンデルスゾーンの歌曲やわたしの好きな曲を弾いてくれたこともあるので、難しい作品を演奏できることは間違いない。しかし、気の向くままに弾くものはまとまった曲ではなかった。肘掛《ひじか》け椅子《いす》にもたれて、目を閉じ、膝の上のヴァイオリンを気ままにかき鳴らすだけだった。音色は時に格調高く、もの悲しく、あるときは、幻想的で、明るかった。そのときの彼の気分次第だが、音楽が気分に反映するのか、気分によって弾くものが決まるのか、どちらともわからない。こんな気ままな独奏だけだったら、文句を言っていたと思うが、いつもは最後にわたしの好きな曲を続けて弾いてくれたので我慢している。

最初の一週間ほどは客がまった

く来なかったので、彼もわたし同様に友達がいない人間かと思っていた。そのうち、彼にはたくさんの知り合いがいることがわかった。それもいろいろな階層の人間と知り合いだった。背が低く、血色の悪い、ネズミのような顔の、暗い目をした男は、レストレイドという名前で、週に三回も四回もやって来た。ある朝は、しゃれた服装の若い娘が来て、三十分ほど話をしていった。その日の午後には、白髪のみすぼらしい老人が現われた。この老人はユダヤ人の行商人のようで、とても興奮していた。その後すぐにだらしない格好をした老女が来た。白髪の老紳士が話していくこともあれば、ビロードの制服を着た鉄道のポーターもやって来た。こんな人たちが現われると、いつもホームズは居間を使わせてくれないかと頼み、わたしは自分の寝室に引き下がるのだった。彼は面倒をかけて申し訳ないと常に謝っていた。「仕事でこの部屋を使う必要があるんだ。あの人たちはぼくの依頼人なんだ」ここでも彼に単刀直入にたずねる機会があったのだが、わたしの遠慮深さから、個人的なことに立ち入ることに躊躇《ちゅうちょ》してしまった。自分の仕事に触れたくないはっきりした理由があるのだと思っていたが、まもなく彼のほうからその話題を取り上げてくれた。

　それは三月四日のことだった。なぜ覚えているかというと、その日はいつもより早起きをしたので、ホームズはまだ朝食を食べているところだった。下宿の女主人[29]はわたしが朝寝坊なことをよく知っているので、わたしの朝食の準備はまだできていない。

人間は勝手なもので、ベルを鳴らすと、早くしてくれとぶっきらぼうに頼んだ。時間つぶしのつもりでテーブルの上の雑誌を取り上げた。ホームズは静かにトーストを食べている。記事の一つに鉛筆で印がしてあったので、自然、その記事を読み始めることになった。

「命の書」（天国に入る予定者の名を記したもの）といういささかおおげさな題のついたその記事は、注意深い人間は、手に入る情報を正確に系統立てて考えればたくさんのことを知ることができる、と主張している。わたしには抜け目のなさとばかばかしさがまじりあったものに思えた。理論は緻密《ちみつ》でしっかりしているが、そこから導かれる推論は的をはずれ、誇張されている。

著者によると、筋肉がちょっと動いたり、視線がちらっと動く、その一瞬の表情をとらえれば、その人の心の一番奥底の考えを当てることができるのだそうだ。観察・分析の訓練を受けた人間をだますことはできないというのだ。彼が導き出す結論は、ユークリッドの定理のように、絶対確実で、充分な経験のない者は、びっくり仰天し、その結論に達した経過を説明されるまでは、魔術師のせいではないかと考えるだろう。

「理論家は一滴の水を見て、大西洋やナイアガラの滝の存在を推論できる。人生は一本の長い鎖であるから、どこか一つの環を見れば、人生の本質がわかる。他の学問もそうだが、推理と分析の学問は、長い時間をかけてじっくり研究すべきもので、一生のうちに完成することは難しい。道徳的、精神的な面はなかなか面倒なので、初心者はまず初歩的な問題を習得することから始めよう。他人に会った途端にひと目でその人の生きてきた道を見分け、職業を当てる訓練をする。この訓練は幼稚に見えるかもしれないが、観察力を磨き、どこを観察し、何を探すべきかを教える訓練になる。その人の指の爪、服の袖《そで》、長靴、ズボンの膝頭《ひざがしら》、人差し指や親指のタコ、顔の表情、シャツのカフス――これらのものから、その人の職業が一目瞭然《いちもくりょうぜん》になる。すべてを考え合わせれば、判断が間違うことなどありえない」

「でたらめだ」わたしは大声を出し、雑誌をテーブルに叩きつけた。「これほどくだらないものを読んだことがない」

「どうしたのかい？」

「この記事さ」わたしは朝食の卵用スプーンで記事を指し示した。「印がついているから、君も読んだらしいね。うまくまとめているとは思うが、内容には実に腹が立つ。これを考えたのは、書斎に閉じこもり、肘掛け椅子に腰かけて、ちょっとした逆説[30]を展開させている暇人に違いない。実際にはできもしないことさ。地下鉄の三等車にこの男を押し込んで、乗客全員の職業を当てさせてみたいね。千対一で彼の負けに賭けるよ」

「負けるのは君だね」ホームズはおだやかに言った。「その記事はぼくが書いた」

「君が？」

「ぼくには観察と推理の才能があるのだ。君は夢のような話にすぎないと思ったようだが、ここに述べた理論はとても実用的なものだ。ぼくはこれで生計を立てているのだから」

「しかし、どういうふうに？」思わずたずねた。

「独特な職業で、世界でぼくだけだと思う。ぼくは諮問《しもん》探偵[31]というものなのさ。どういうものかわかるかね？　ロンドンには警察の探偵も私立探偵もたくさんいるが、困るとぼくのところに相談に来るので、正しい手がかりを教えてあげるのさ。彼らはすべての証拠を持ってきて見せるので、ぼくは犯罪史の知識を使って、彼らを正しい方向へ導いてやることができるというわけさ。犯罪にはたいてい強い類似性が見られるので、もし一千の事件の詳細がわかっていれば、千一番目の事件が解けないはずはない。レストレイドは有名な警部だが、最近にせ金事件で五里霧中《ごりむちゅう》になって、ぼくのところに相談に来たのだ」

「すると、ほかの人たちは？」

「ほとんどが私立探偵事務所から紹介されてきた人たちで、何らかの問題を抱えていて、解決を求めて来るのだよ。ぼくは彼らの話を聞き、彼らはぼくの意見に耳を傾け、そしてぼくは料金をいただくというわけさ」

「というと、こういうことかい？　君はこの部屋を出ることなしに、自分の目ですべてを見ている当事者でも解くことのできなかった謎を、君は解くことができるというわけなのかい？」

「そのとおり。こういうことに直感のようなものが働くのだ。たまには難しい事件があって、あちこち歩き回り、直接自分の目で見なくてはならないこともある。しかし、ぼくには特別な知識がたくさんあって、それを応用すると問題は容易になるのだ。あの記事で述べた推理の法則は、君には軽蔑されたけれど、実際の仕事にはたいへん役立っている。観察力はぼくの第二の天性といえる。ぼくたちが初めて会ったとき、アフガニスタンにおられたのでしょうと言ったら、驚いていたね」

「誰かに聞いていたのだろう」

「とんでもない。ぼくにはわかったのだ、君がアフガニスタンから来たということがね。長い間の習慣で、思考の途中経過を意識しないうちに結論に達してしまうのだが、順序を追って説明するとこうなる。『医師らしいが、軍人の雰囲気をもった男、といえば、軍医ということになる。顔は黒いが、手首は白いから、熱帯地方から帰ったのだろう。彼のやせこけた顔を見れば、苦労し、病気をしたのはすぐわかる。左手の動きがぎこちないところをみると、左腕にけがをしているな。英国の軍医がこんな目にあう熱帯地方といえばアフガニスタンしかない』ぼくがこれだけの推理をするのに一秒とかからなかった。それで、アフガニスタンにおられたのでしょうと言い、君がびっくりしたというわけだ」

「説明を聞けば、簡単だ。エドガー・アラン・ポーのデュパンを思わせるね。物語の中以外にこういう人間がいるなど、思ったこともなかった」

ホームズは立ち上がると、パイプに火をつけた。「ぼくをデュパンになぞらえてほめてるつもりだろうが、ぼくに言わせれば、デュパンはとるに足らないくだらぬ男さ。十五分もじっと黙っていた後、タイミングをみて友達に話しかけ、相手の思考を乱すなんてやり方は、派手なだけで、中身がない。ある程度の分析の才能があることは認めるが、ポーが考えたほど非凡な人物ではないね」

「ガボリオーの作品を読んだことはあるかい？　彼のルコックは君の理想の探偵に近いのではないかい？」

ホームズはちょっと軽蔑したように鼻をならした。「ルコックはへまばかりする、救いようのない男だ」ホームズの声は怒っていた。「ほめられることがあるとしたら、精力的なことだけだ。はっきり言って、あの本には気分が悪くなったね。要は、どうやって身元の知れぬ被告人の正体を割り出すかだが、ぼくなら二十四時間以内でできることに、ルコックは六ヶ月以上もかかっている。あの本は、探偵ならしてはいけないことを教える手引きにはなっているがね」

わたしは自分が尊敬する人物を二人までこんなに軽くあしらわれ、腹が立ったので、窓のほうへ行き、下のにぎやかな通りを眺めた。「この男はすごく頭がきれるかもしれない。しかし、なんとうぬぼれが強いのだろう」わたしは小さくつぶやいた。

「近頃は、やりがいのある犯罪事件もないし、犯罪者もいない」ホームズは愚痴《ぐち》っぽく言った。「探偵という仕事に、せっかく優れている頭脳も役立てられない。ぼくには、この道で自分の名を上げるだけの優れた頭脳がある。犯罪を突き止めるために、ぼくほどの努力と才能をそそいだ者は、これまでにもいなかったし、今もいない。それなのに、現実はどうだ？　才能をそそぐべき犯罪もなく、あっても、スコットランド・ヤード（ロンドン警視庁）の人間でも見通せるほど簡単なものだ」

彼の傲慢《ごうまん》な話しぶりにもう我慢できなくなったので、話題を変えることにした。

「あの男は何を探しているのかな？」通りの反対側をゆっくり歩いている、がっちりした体つきの男を指さして言った。服装からは職業はわからないが、番地を確かめながら歩いている。大きな青い封筒を手に持っているから、手紙を届けに来たのだろう。

「ああ、あの海兵隊の退役兵曹のことかい？」ホームズが言った。

「また大ぼらだ！」わたしは思った。「確かめようがないと思って勝手なことを言ってる」

そのとき、下を歩いていた男は、わたしたちの下宿の入口の番地に目を止め、急いで通りをこちら側へ渡ってきた。階下でドアを叩く大きな音がして、太くて低い声が聞こえ、そして、重い足音が階段を上がってきた。

「シャーロック・ホームズ様にお届けものです」男は部屋に入り、ホームズに手紙を渡した。

今こそ、彼の自慢の鼻をへし折る機会だ。さきほど、あのようなあてずっぽうを言ったときは、こうなるとは思ってもみなかっただろう。

「失礼ですが、あなたのご職業は？」わたしは、はやる気持ちをおさえてたずねた。

「コミッショネアです。制服は修理に出しております」彼は、ぶっきらぼうに答えた。

「それで、以前は？」わたしはホームズのほうを少し意地悪っぽく見やった。

「英国海兵隊、軽歩兵の兵曹でありました。いただいて帰る返事はないでありますか？　では、帰らせていただきます」

彼は踵《かかと》をならして、敬礼すると、部屋を出て行った。

第3章　ローリストン・ガーデンズ事件

ホームズの理論が実際に役立つ証拠を突きつけられて、びっくりしたのは確かだ。彼の分析能力を尊敬する気持ちはぐんと強まったが、心の隅にまだ少し疑う気持ちが残ってもいた。わたしを驚かせるために、すべて事前に仕組まれたことではないか？　しかし、何のためにそのようなことをする必要があるのかには、考えも及ばない。ホームズを見ると、届いた手紙を読み終わったところで、うつろな目をしていた。彼が考えに

ふけっているときは、このような目になる。

「どうやって推理したのかね？」

「推理したって、何を？」

「何をって、あの男が海兵隊の退役兵曹だということをさ」

「そのようなつまらないことにかまっている暇はないよ」ホームズはぶっきらぼうに答えたが、すぐ笑顔を見せた。「失礼な言い方をしてすまない。君の声で、ぼくの考えが乱れたものだから。まあ、いいさ。ところで、君には本当にわからなかったのかい？」

「まったくわからなかった」

「ぼくには簡単にわかったが、説明するのは難しいのだ。たとえば、二足す二は四を証明せよと言われても困るけれど、それが正しいことはわかっているのと同じさ。通りの向こう側にいた彼の手の甲には、こちらからでも見えるくらい大きな青いいかりのいれずみがあったのだ。そこからは海の匂いがするね。彼は姿勢がぴんと正しくて、軍人らしい態度と、おきまりのほおひげをはやしていることから、海兵隊ということがわかる。彼には少し威張ったところがあって、人に命令することに慣れた人間らしい。彼が頭をまっすぐにしているところとか、杖《つえ》の振り回し方を見ただろう。暮らしに困らない、まじめな中年の男であることはひと目で見て取れる。そこから彼は兵曹だったという結論になる」

「すばらしい！」わたしは叫んでしまった。

「それほどでもないよ」ホームズは言ったが、わたしが心から驚き、感心しているのを見て、気分をよくしているのは、表情からわかった。「たった今、近頃は犯罪らしい犯罪がないと言ったけれど、間違っていたようだ。これを見てくれたまえ」メッセンジャーが届けに来た手紙をわたしによこした。

「なんてことだ！　これは恐ろしい！」さっと目を通すなり、わたしは叫んだ。「ありきたりの事件じゃなさそうだね」ホームズは落ち着いた声で言った。「手紙を読みあげてみてくれないか？」

それはこんな内容だった。

シャーロック・ホームズ様

昨晩、ブリクストン通り近くの、ローリストン・ガーデンズ三番で事件がありました。午前二時頃、巡回中の警官が、空き家に明りがついているのを不審に思い、行ってみると、玄関の戸には鍵《かぎ》がかかっておらず、家具が何も置いてない表の部屋で、身なりのきちんとした紳士の死体を発見しました。「アメリカ合衆国オハイオ州クリーヴランド市　イノック・J・ドレッバー」という名刺を所持しておりました。盗みが目的でもなさそうですし、死因を示す証拠は何も残っていません。血痕はありますが、死体に外傷がないのです。被害者がどうやってこの空き家に入り込んだのかもわからないし、すべてが謎なのです。今日、午前中に現場でお待ちしております。ご返事をいただくまでは、現場をそのままにしておきます。もし、おいでになれないときは、のちほど詳細をご報告致しますので、ご意見を伺《うかが》えれば、幸《こう》甚《じん》です。

敬具

トバイアス・グレグスン

「グレグスンはスコットランド・ヤードでは一番の切れ者さ」ホームズは説明してくれた。「駄目なのが多いあそこでは、彼とレストレイドはましなほうだね。二人とも敏捷《びんしょう》で精力的だが、どうしても枠にはまった考え方しかできない。美しさを競い合う女同士のように、お互いに嫉妬《しっと》し合っているから、二人がこの事件の担当になれば、おもしろいかもしれない」

のんびり話している場合ではないと思って、わたしは口をはさんだ。「すぐに出かけなくては。辻馬車を呼んでこようか?」

「行くかどうか決めてないのだ。ぼくは度しがたい不精者《ぶしょうもの》だからね。とはいっても、精力的発作におそわれれば、すばやく行動することもあるのだがね」

「しかし、これは君が待っていたおあつらえむきの機会じゃあないか」

「この事件がぼくとどんな関係があるって言うのかね。たとえぼくが事件を解決しても、手柄はグレグスンとレストレイドと、その仲間たちのものさ。ぼくは一民間人にすぎないからね」

「でも、彼が君の助けを求めているのだから」

「それは、ぼくのほうが優れていることを知っているからさ。ぼくに対してはそれを認めているが、それを他の人間に知られるくらいなら、死んだほうがましだと彼は思っている。まあ、行ってみても悪くはないね。自分なりに調べてみよう。何も収穫がなくても、彼らを物笑いの種くらいにはできるかもしれない。さて、行くとしようか！」

彼は素早くコートに手を通すと、部屋の中をあちこち動きまわった。精力的発作が、無気力さに取って代わったようだ。

「君も帽子を取ってきたまえ」ホームズが言った。

「わたしも行くのかい？」

「ほかにすることがなければ、どうかな？」まもなく、わたしたちは辻馬車に乗り、ブリクストン通りへと急いだ。

その朝は、霧がただよい、空は曇っていた。家々の上のほうは、灰褐色《はいかっしょく》のヴェールがかかったようで、泥まみれの地面の色を映しているように見えた。ホームズは上機嫌で、クレモナのヴァイオリンの話、ストラディヴァリウスとアマティの違いについて、(32)しゃべり続けていた。わたしのほうは、このはっきりしない天気と、これから手がけることになった憂鬱《ゆううつ》な事件のおかげで、気が滅入《めい》っていたので黙っていた。

「君は事件のことを全く気にしてないようだね」ホームズの音楽に関する長話に、とうとう口をはさんできいてみた。

「なにも材料がないからね。すべての証拠を見る前に、あれこれ推理するのは間違いなのだ。判断をくもらせるからね」

「材料はもうすぐ手に入るよ。ここはもうブリクストン通りだ。あれがきっと問題の家だよ」

「そうだ、あの家だ。馭者《ぎよしや》、ここで停めてくれ!」現場まではまだ百ヤード(九〇メートル)ほど手前だったが、ホームズがどうしても降りようと言うので、あとは歩いて行った。

ローリストン・ガーデンズ三番の家は、暗くて、不吉な感じだった。通りから少し引っ込んで建てられた四軒のうちの一つだ。二軒には人が住んでいるが、他の二軒は空き家だった。空き家の三層に並んだ窓は、カーテンもなく、わびしそうだった。窓ガラスのところどころに貼られた「貸家」の紙が、白内障《はくないしょう》にかかった瞳のように不気味に白く見えた。通りと家の間にある小さな庭には、活気のない植木がところどころに立っていた。粘土と砂利でかためた、黄色っぽい小道が庭を横切っている。昨夜降り続いた雨のため、あたりはひどくぬかるんでいた。木製のてすりが上についた三フィート（九〇センチ）ほどのレンガ塀で庭が囲まれていた。がっちりした体の巡査が塀によりかかり、その周りを野次馬が、中を覗《のぞ》こうと首を伸ばしたり、目を凝《こ》らしたりしていたが、無駄なようだった。

わたしは、ホームズがすぐに家の中に飛び込み、事件の調査を始めるとばかり思っていたのだが、そんな気配はなかった。ホームズはのんきな様子で、通りを行ったり来たりしている。ぼんやり地面を眺めているかと思うと、空を見上げ、反対側の家や手すりを眺めていた。こんなときに、彼のこの無関心さはもったいぶっているように見えた。全体を観察し終わると、こんどはゆっくりと家に通じる小道の上を、というより小道の縁に生えた草の上を歩いて、地面にじっと目を凝らしながら、玄関へ向かった。彼は二度立ち止まったが、一度は笑みを浮かべ、満足した声をもらした。雨で濡れた粘土質の地面には、たくさんの足跡が残っていた。警官が何度も行ったり来たりしているから、得るものなどないだろうと思うのだが、彼の知覚力の鋭さを見せつけられているので、わたしには見えないたくさんのものが彼には見えているのだろう。

玄関で、背が高く、顔の青白い、亜麻色《あまいろ》の髪をした男がわたしたちを出迎えてくれた。手帳を手に駆け寄ると、ホームズの手をうれしそうに握りしめた。「よく来て下さいました。ありがとうございます。何にも手をつけないでおきましたよ」

「あそこ以外ということですか」ホームズは、庭の小道を指さして言った。「バッファローの一群が駆け抜けたとしても、これほどには荒れなかったでしょうな。もちろん、こんなことになる前に調べ終わって、見るべきものは見てしまったのでしょうね、グレグスンさん」

「私は家の中のことで手一杯でしたので」彼はごまかすように答えた。「同僚のレストレイドも来ているので、こちらは彼にまかせてあるのです」

ホームズはわたしのほうを見て、皮肉たっぷりに眉を上げてみせた。「お二人がいらっしゃるのなら、第三者の出る幕ではありませんな」

グレグスンはもみ手をして、うれしそうに答えた。「やるべきことはすべてやりましたが、まあ、奇妙な事件なので、あなたのお好みの事件だと思いまして、お知らせしました」

「君はここへ辻馬車で来たのではないでしょうね？」ホームズはたずねた。

「いいえ」

「それじゃ、レストレイドはどうですか？」

「彼も同じです」

「それでは中へ入って、部屋を見てみましょう」こんな訳のわからない質問をした後に、ホームズは家の中へ入った。グレグスンはキツネにつままれたような顔をして、後に続いた。

敷物のない、板張りの、埃《ほこり》のつもった短い廊下を進むと、台所と家事室[33]だった。廊下の左右にドアが一つずつあり、一つはあきらかに何週間も閉じたままで、もう一つのドアは食堂のドアだった。そこが奇妙な事件の現場だ。ホームズの後から、わたしも沈んだ気持ちで部屋に入った。死体があると思うといつもこんな気分になる。

そこは、正方形の、広い部屋だった。家具が何もないので、ますます広く見える。趣味の悪い、けばけばしい壁紙のあちこちにカビが生え、しみになっていて、ところどころで大きくはがれ、下の黄色い壁土がのぞいていた。ドアの正面には模造の白大理石でできたマントルピースをもつ立派な暖炉があった。マントルピースの端に、赤いろうそくのもえさしが一本立っていた。たった一つある窓のガラスはたいそうな汚れようで、外からの明りもぼやけ、すべてを灰色がかって見せていた。これは、家中に積もった、厚い埃のせいでもあった。

これだけのことを観察できたのは後のことで、その時は床の上にのびている死体しか目に入らなかった。その死体の、見えないはずの目が色あせた天井をじっと見つめていた。死んでいたのは年齢四十三、四で、中肉中背、肩幅の広い男だった。髪は黒い縮れ毛で、濃いあごひげがはえていた。服装は、高級ラシャ地のフロック・コートにチョッキ、明るい色のズボン、真っ白なカラーとカフスをつけている。死体の横にはよくブラシのかかったシルクハットが置いてあった。手をかたく握りしめ、腕を大きく広げ、両足がねじれてからんでいるのを見ると、死ぬまでにひどく苦しんだようだ。顔には恐怖というか、わたしにはそう見えたのだが、憎しみが現われていた。こんな表情は今までに見たことがなかった。狭い額と、低い鼻、つき出たあごが、恐怖でひきつったために、まるで猿のように見えた。姿勢が不自然に捩《ねじ》れていたので、なおさらそんな気がしたのかもしれない。わたしはいろいろな死体を見てきたが、ロンドン郊外の幹線道路に面した、あの暗く、きたない部屋で見たものほど恐ろしい顔つきのものはなかった。

相変わらず痩《や》せて、イタチのような顔のレストレイドが部屋の入口に立っていて、ホームズとわたしに挨拶をした。

「この事件は評判になりますよ」彼は言った。「わたしは長年警察の仕事をしていますが、こういう事件は初めてです」

「手がかりが何もないのですよ」グレグスンが言った。

「そのとおりです」レストレイドがあいづちをうった。

ホームズは死体に近づくと、膝をついて、熱心に調べた。「外傷がないというのは確かですか?」周りに飛び散った血の痕《あと》を指さして、ホームズがきいた。

「確かです」二人の警部が声をそろえて答えた。

「となると、この血は第二の人物、殺人事件だとすればおそらく加害者のものということになる。この状況は一八三四年、ユトレヒトで起きたファン・ヤンセン殺しの事件(34)とよく似ている。あの事件のことは、覚えているでしょう、グレグスンさん?」

「いいえ」

「あの事件のことは絶対に読んでおくべきですよ。太陽の下、新しいものは何ひとつなく、すべてに前例があるものです」

こう言いながらホームズは死体のあちこちを手で触れていた。押したり、服のボタンをはずしたりしている彼は、例の夢見るような目をしていた。彼の調査があまりにすばやかったので、綿密《めんみつ》に行なわれたことには誰も気づかなかっただろう。最後にホームズは被害者の唇の匂いをかぎ、エナメル革の靴の底を眺めた。

「死体は動かしていませんね？」ホームズはたずねた。

「調べるときに少し動かしたくらいです」

「もう死体安置所へ運んでもいいですよ。他に調べることはありません」

グレグスンが合図すると、待機していた四人の男が担架を持って部屋に入って来た。身元のわからない男を担架に乗せ、運び出した。死体を持ち上げた時、指輪が一つ落ちて、チリンと音をさせ、床の上を転がっていった。レストレイドが急いで拾い上げて、不思議そうに眺めた。

「ここには、女がいたのだ」彼は声をあげた。「これは女の結婚指輪だ」掌にのせてつきだしたので、みんな彼の周りに集まり、指輪を眺めた。この金の指輪がかつて花嫁の指を飾ったものであるのは間違いない。

「これでますます事件が複雑になった」グレグスンは言った。「ただでさえ複雑なのになあ」

「いや、簡単になったということではありませんか？」ホームズの意見だ。「指輪をただ眺めていても、どうにもならない。ポケットには何が入っていましたか？」

「ここに全部並べてあります」グレグスンは階段の一番下の段に雑然と置かれた品物を指さした。「ロンドンのバロード社製の金時計一つ。製品番号九七一六三。アルバート型の金鎖[35]。無垢《むく》で、すごく重いものだ。フリーメーソンの紋章入りの金の指輪[36]一個。目にルビーがはまった、ブルドッグの頭のついた、金製のピン。クリーヴランド市イノック・J・ドレッバーの名刺が入った、ロシア革の名刺入れ。シャツについているE・J・Dのイニシャルと一致している。財布はなかったが、小銭が七ポンド十三シリング。ボッカチオの『デカメロン』のポケット版[37]一冊。見返しにジョウゼフ・スタンガスンという署名がある。手紙が二通。一通はE・J・ドレッバー宛てで、もう一つはジョウゼフ・スタンガスン宛て」

「住所は？」

「ストランドのアメリカ両替所気付けで、二通とも発信人は、ガイオン汽船会社。船がリヴァプールを出航する日程を知らせたものです。この被害者はニューヨークへ帰るつもりだったようです」

「このスタンガスンという人物について調べましたか？」

「すぐに調べました」グレグスンが答えた。「すべての新聞社にたずね人の広告を出しました。アメリカ両替所には部下をやりましたが、まだ戻っていません」

「クリーヴランドのほうはどうしましたか？」

「今朝、電報を打ちました」

「どんな文句ですか？」

「事情を説明して、何か役に立つ情報をいただければありがたいといったものです」

「重大な関わりがありそうな点を具体的にたずねなかったのですか？」

「スタンガスンについて聞きあわせました」

「それだけですか？　事件の決め手になるようなことはありませんか？　もう一度電報を打ってみませんか？」

「言うべきことは、すべて言いました」グレグスンは気を悪くしたようだった。

ホームズはくすっと笑って、何かを言いかけたところへ、レストレイドがうれしそうに、おおげさに、手をこすり合わせながら現われた。わたしたち三人は玄関で話していたのだが、レストレイドは表の部屋に残っていたのだ。

「グレグスン、重大な発見をしたよ。わたしが壁をじっくり調べなければ見すごしてしまうところだった」

小柄なレストレイドは目を輝《かがや》かせていた。同僚を出し抜いた喜びを懸命《けんめい》に抑えているようだった。

「こっちへ来て下さい」死体が運び出された部屋は、明るくなったように感じられた。

「さて、ここに立ってみて下さい」

靴の底でマッチを擦《す》ると、壁にかざした。

「ほら、これを見て！」彼は得意げに言った。

壁紙があちこちで破れていることは前に述べたが、特に部屋のこの隅では大きくはがれ落ち、ざらざらした黄色の壁土が正方形に露出していた。ここに、血のように赤い色で一つの言葉が書かれていた。

RACHE

「どうです？」警部は芝居気たっぷりに、声をはりあげた。「ここは部屋の中で一番暗いので、誰も調べようと思わず、見落とされたのです。男か女か、いずれにしろ犯人は自分の血でこの文字を書いたんですよ。壁を伝って落ちた血の痕を見て下さい。これでとにかく自殺説はなくなりました。どうしてこの場所が選ばれたか、ご説明しましょう。マントルピースの上にろうそくがありますね。事件があったときは、あのろうそくが燃えていたので、ここが部屋の中で一番明るい場所になるんです」

「それで、君がこれを発見したから、どうだっていうんだね？」グレグスンはけちをつけるように言った。

「どうってだね、これを書いた人間は、レイチェル（Rachel）という女の名前を書こうとしたんだが、書き終わらないうちに邪魔が入ったんだ。覚えておいて下さいよ、事件が解決したあかつきには、レイチェルという女性がなんらかの関係があるはずですから。ホームズさん、笑っていますね。あなたはとても頭が良いかもしれないが、最後に頼りになるのは経験のある者ですよ」

「たいへん失礼しました」とうとう吹き出してしまい、レストレイドの気分を害してしまったホームズは謝った。「最初に発見したお手柄はもちろんあなたのものです。それに、おっしゃるとおり、これを書いたのが昨晩の事件のもう一人の当事者であることは、はっきりしています。ただ、わたしはまだこの部屋を調べてないので、よければ始めさせていただきます」

ホームズはポケットから巻尺と大きくて丸いルーペを取り出すと、足音をたてずに部屋の中を歩きまわった。ときどき足を止め、ひざまずき、床に腹這《はらば》いにまでなって調べている。自分のやっていることに夢中で、わたしたちの存在は忘れているようだ。ぶつぶつと独り言を言い続け、あるときは感嘆の声やうなり声をあげ、口笛を吹き、何か手がかりを見つけたかのように小さく声をあげた。彼を見ていると純血種の、よく訓練されたフォックスハウンドを思い出さずにはいられない。猟犬《りょうけん》が獲物を見失うと獲物のかくれ場をあっちへ行き、こっちへ走り、見失った臭いを見つけるまでさかんにくんくんと鼻を鳴らしているのに似ている。彼はわたしの目には見えない痕跡と痕跡の間の距離をこの上なく正確に測ったり、わたしにはどんな意味があるかわから

RACHE

ないが、壁に巻尺をあてたりして、二十分ほど調査をしていた。ある場所では床から灰色の埃をそっとつまみあげ、封筒に収めた。それからルーペで壁の文字を一つずつ念入りに調べると、ようやく満足そうにポケットに巻尺とルーペをしまった。

「天才とは飽くことなく苦痛に耐えうる能力である、というのはきわめてまずい定義だけれど、探偵の仕事にこそあてはまるものだね」彼は笑って言った。

グレグスンとレストレイドは素人探偵のすることを、非常な好奇心といくらかの軽蔑をもって見つめていた。ホームズのするどんな小さなことでもすべてが、はっきりとした、実用的な目的に向けられていることに、わたしはようやく気づき始めたが、二人にはわかっていなかったようだ。

「いかがですか?」二人は口を揃えてたずねた。

「もしわたしが出しゃばってお手伝いすると、この事件の手柄を横取りしてしまうことになるからね。お二人とも立派にしておられるのに、口出しをしては申し訳ないですからね」ホームズの言葉には皮肉が込められていた。「調査の進み具合を教えて下されば、喜んで協力しましょう。さしあたっては、死体を発見した巡査に会って話を聞きたいので、住所と名前を教えてもらいましょうか」

レストレイドは手帳を見ながら答えた。「名前はジョン・ランス。住所はケニントン公園前のオードリー・コート四十六番。今日は非番です」

ホームズは住所を控えた。

「さて、先生、彼に会いに行きましょうか。ところで、事件の役に立つことを一つ教えてあげましょう」ホームズは二人の警部のほうを向いて言った。「これは殺人事件で、犯人は男です。背は六フィート（一八〇センチ）以上の壮年。身長のわりには足が小さく、爪先の四角い安物の靴をはき、トリチノポリ葉巻(38)を吸っている。ここへは被害者と一緒に四輪の辻馬車でやって来た。馬の蹄鉄《ていてつ》のうち三つは古く、右の前脚の蹄鉄だけが新しい。おそらく犯人は赤ら顔で、右手の指の爪はとても長い。ほんのわずかな情報だが、何かのお役に立つでしょう」

レストレイドとグレグスンは疑わしそうに顔を見合わせ、薄笑いを浮かべた。「他殺だとすると、その方法は？」レストレイドが質問した。

「毒薬ですよ」ホームズはそっけなく答えると、歩き出した。「もう一つ付け加えるとですね、レストレイドさん」ドアのところで振り返って言葉を続けた。「『RACHE』というのはドイツ語で『復讐《ふくしゅう》』という意味です。だから、レイチェル嬢を捜《さが》そうなどという無駄なことはおやめになることですね」

こう捨てぜりふを残して、ホームズは歩き去った。あとには競争相手が二人あっけにとられて呆然と立ちつくしていた。

第4章　ジョン・ランス巡査の証言

わたしたちがローリストン・ガーデンズ三番の現場を出たのは午後一時だった。ホームズはまず近くの電報局に寄り、長い電報を打った。それから辻馬車でレストレイドから聞いた巡査の住所へ向かった。

「直接手に入れた証拠ほど確かなものはないからね」ホームズは言った。「ただ、この事件についてぼくはもう結論を出しているんだ。それでも、できるだけのことを調べておくにこしたことはないだろう」

「驚いたね。そうはいっても、さ

きほど言ったこと全部に自信があるわけではないだろう?」

「間違いの余地はないね」ホームズは答えた。「現場に行ってまず気がついたのが、縁石《えんせき》のそばに馬車のわだちが二本残っていたことだ。昨晩まで、一週間雨が降らなかったから、これほど深い跡ができたのは昨夜のうちということになる。それから馬蹄《ばてい》の跡も残っていた。他の三つに比べて一つのひづめの跡がくっきりしているから、蹄《てい》鉄《てつ》が新しいということがわかる。馬車が来たのは雨が降ってからで、また朝でないことはグレグスンの言葉で確かだ。したがって、馬車があそこへ来たのは夜なかで、二人の男をあの家に連れて来たということになる」

「なるほど、聞いてみれば簡単なことだ。とすると、加害者の男の身長はどうしてわかったのかい?」

「そんなことか。身長は十中八九、歩幅から簡単に計算できる。退屈だろうから数字をあげて説明しないけれどね。この男の歩幅は外の土の上にも、部屋の埃《ほこり》の上にも残っていた。それに計算が正しいことを確かめる方法もあったがね。人間は壁に何か書く時は、目の高さに書くものさ。あの文字は床から六フィート(一八〇センチ)のところにあった。子どもだましのようなものだろう」

「年齢については?」わたしはたずねた。

「それはだね、四フィート半(一三〇センチ)の距離を楽々と一歩でまたげる人間は、決して枯れ葉のような老人ではないということさ。それは庭の水たまりの幅さ。エナメル靴の男は水たまりを避けて歩き、四角い爪先の靴の男は飛び越えている。こんなことは謎でもなんでもない。ぼくがあの論文の中で提唱《ていしょう》した観察と推理の法則のいくつかを、普通の生活に当てはめてみただけなのだよ。他にわからないことはあるかい？」

「指の爪のことと、トリチノポリ葉巻のことは？」

「壁の文字は血に浸《ひた》した人差し指で書いたもので、ルーペで見てみると、壁土にひっかききずが残っているから、爪が伸びているということになる。床に散らばっていた灰を集めてみたが、色が濃く、薄片状《はくへんじょう》で、これはトリチノポリ葉巻の特徴だ。ぼくは葉巻の灰については特に研究したことがあるし、論文を書いたこともある。葉巻でも刻みたばこでも、既にある銘柄《めいがら》なら灰を見ただけで、名前を当てる自信は大いにある。こういう点で、熟練した探偵は、グレグスンとかレストレイドといった輩《やから》とは違うというわけさ」

「それでは、赤ら顔というのは？」わたしはきいてみた。

「ああ、あれはすこし大胆な推理だった。もちろん自信はあるが、今はきかないでおいてくれ」

わたしは額に手をやった。「頭がくらくらするよ。考えれば考えるほど、わからなくなる。この二人の男――二人いるとすればだけれど――はどうやって空き家へ入ったのだろう？　血は誰のものなのか？　二人を乗せて来た馭者《ぎょしゃ》はどうなったのだろう？　毒を無理に飲ませることができるだろうか？　盗みが関係ないとすれば、犯人の目的は何なのか？　女性の指輪が現場にあったのはどうしてか？　一番わからないのは、加害者が逃げる前にドイツ語でＲＡＣＨＥと書いたのはなぜだろう？　正直言って、わたしにはこれらの事実をまとめあげることができないよ」

ホームズは、さもありなんというように微笑んだ。

「君の疑問は事件の難しいところを、はっきりと、うまく、まとめているね」彼は言った。「ぼくにはこの事件のおおよその見当はついているけれど、まだはっきりとしないところもある。レストレイドには気の毒だが、彼が発見した文字は警察の目をあざむいて、社会主義者とか秘密結社に目を向けさせるためのものなのだ。あれを書いたのはドイツ人じゃない。Ａという文字はドイツ人の書き方に似せているが、本当のドイツ人ならラテン文字で書くはずだ。だから、あれは誰か不器用な人間がドイツ人のまねをしてみたが、やりすぎたというところだろう。捜査の方向を乱すための策略なのだ。さあ、もうこれ以上は事件の説明はなしにしよう。手品師が種をあかすと、評判が落ちるのと同じで、ぼくも君に調査の方法を説明しすぎると、結局はホームズも普通の人間だと思われてしまう」

「そんなことはないよ」わたしは否定した。「君は探偵術をこの世界でこれまでに見られなかったほど厳密な科学にまで高めたのだからね」

わたしが真剣にこう言うと、ホームズはうれしそうに顔を赤らめた。ホームズは探偵術をほめられると、女の子が美しいと言われたときのように敏感に反応するのだ。

「もう一つだけ話しておこう」ホームズは言った。「エナメル靴の男と四角い爪先靴の男は同じ辻馬《つじば》車《しゃ》で来て、仲よく、おそらくは腕を組んで、小道を歩いていったんだ。家の中に入ると二人は部屋の中をあちこち歩きまわった、というより、エナメル靴のほうはじっとしていて、四角い爪先靴のほうが歩きまわったんだ。これは埃を見ればわかることで、男は歩きまわるうちにますます興奮《こうふん》してきた。歩幅がだんだん広くなっている。彼はしゃべり続けるうちに、激昂《げきこう》してきて、そしてあの悲劇が起こったのだ。さて、ぼくの知っていることはすべて話した。あとに残っているのは推測だけだが、調査の出発点になる良い手がかりはつかんでいるんだ。今日の午後はノーマン・ネルーダ夫人のヴァイオリンを聴きにハレの演奏《えんそう》会へ行きたい[39]ので、仕事を早く片づけるとしよう」

こんな話をしているわたしたちを乗せた辻馬車は、うす汚れた通りを走り、わびしい横道をぬけ、中でも一番汚くてわびしい所で馭者が馬車を停めた。「あそこがオードリー・コートです」くすんだ色のレンガ壁の間に見える、狭い路地を馭者が指さした。「ここで待っています」

オードリー・コートは住んでみたい場所ではなかった。狭い路地を入ると、そこは汚い建物に四方を囲まれ、敷石でおおわれた中庭だった。わたしたちは薄汚れた子どもたちをよけながら、色あせた洗濯物の間をぬけ、四十六番にたどり着いた。そこのドアには細い真鍮《しんちゅう》の板がついていて、ランスと彫りこまれていた。たずねてみると、巡査は寝ていたが、玄関脇の小さな客間に通され、彼が出てくるのを待った。

　まもなく彼は現われたが、寝ていたところを起こされて、すこし不機嫌そうだった。

「署へは報告書を出しておきました」彼は言った。

　ホームズはポケットから半ソヴリン金貨を取り出すと、思わせぶりに手の中でもてあそんだ。「あなた自身の口から聞きたいと思ったんですよ」

「知ってることは喜んで何でもお話しします」巡査は金貨に目をやったまま答えた。

「では、あなたが見たとおりを話してもらえますか」

　ランスは馬巣織《ばすお》りのソファに腰をおろし、何一つもらさずに話そうと決心したかのように、眉《まゆ》を寄せた。

「最初からお話しすると、わたしの勤務時間は夜十時から朝の六時です。十一時にホワイト・ハート・パブ[40]で喧嘩《けんか》が一件あったほかは、巡回中何もなく、穏やかなものでした。一時に雨が降り始め、それからホーランド・グローブが持ち場のハリー・マーチャ巡査に会ったので、ヘンリエッタ街の角で立ち話をしてました。そして、たぶん二時かそこらにブリクストン街を見回ることにしました。ひどく天気が悪くて、さびしい晩で、そこへ行くまでに、馬車が一、二台自分を追い越しただけで、人っ子一人いませんでした。ぶらぶら歩きながら、ここだけの話ですが、ジン・ホット(41)でもひっかけたらいい気分だろうなって考えていましたよ。そのとき、あの家の窓の明りが目に入ったんです。ローリストン・ガーデンズの二軒の家は空き家のはずで、空き家の一軒についこないだまで住んでいた借家人が腸チフスで死んだというのに、あそこの家主は下水溝を修理しようとしないんで、借り手がつかないのです。だから窓に明りを見たときはびっくりして、おかしいぞと思いました。そこで玄関まで行って、……」

「君は立ち止まると門のところへ戻った」ホームズが後を続けた。「どうして戻ったのかね？」

ランスは飛び上がらんばかりに驚くと、不思議そうにホームズを見つめた。

「そ、そのとおりです」彼は言った。「でも、どうしてわかったんですかね。とにかく、玄関まで行ってみると、中は静まりかえっていて、さびしかったので、誰かが一緒のほうがいいだろうって思ったんです。この世のものなら何も怖くはないが、腸チフスで死んだ男が恨みの下水溝を調べているんじゃないかと思ったら、もう駄目です。

門まで戻って、マーチャのランタンでも見えないかと思ったんですが、マーチャどころか誰もいませんでした」

「通りには誰もいなかったのだね」

「人っ子一人、犬もいません。それで、気を取り直して玄関まで戻って、ドアを開けました。中からは何の音もしないので、明りがついている部屋に入ってみました。マントルピースの上で赤いろうそくの火がちらちら揺れていて、そこで見たのは、……」

「君が見たものはわかっている。君は部屋の中を何度もぐるぐる歩きまわって、それから死体のわきにかがみこんだ。そして廊下に出て、台所のドアをためしてから、……」

ジョン・ランスはびっくりして立ち上がった。目は疑わしそうにホームズを見つめていた。「どこに隠れて見ていたのですか？」彼は叫んだ。「そうでもしなければわかるはずがない」

ホームズは笑いながら、自分の名刺をテーブル越しに巡査に放り投げた。「殺人容疑でぼくを逮捕しないでほしいね。ぼくは追いかける猟犬のほうで、追われる狼《おおかみ》じゃないんだから。グレグスンやレストレイドが保証してくれるはずだ。さて、先を聴かせてもらおう。そして、次に君は何をしたのかね？」

G. Hutchinson.

納得できないという表情のまま、ランスはあらためてソファに腰をおろした。「門まで戻って呼び子を吹くと、マーチャとあと二人の巡査が駆けつけてきました」

「そのときも通りには誰もいなかった？」

「まあ、まともなのは誰もいなかったね」

「どういうことかな？」

巡査がニヤッと笑った。「酔っ払いはたくさん見ているが、あいつほどへべれけな奴は初めてでした。わたしが外に出て来た時、奴は門のところにいて、てすりに寄りかかって、声をはりあげて、コロンバインの『最新流行の旗《はた》』かなんかを歌ってました。一人じゃ立っていられないくらいでしたよ」

「どんな男だったかね？」ホームズがたずねた。

話の腰を折られて、ジョン・ランスはちょっとむっとしたようだ。「ごく普通の酔っ払いでしたよ。おれたちが忙しくなかったら、豚箱《ぶたばこ》に入っているところだ」

「男の顔つきとか、着ていたものは覚えていないかね？」ホームズはもどかしげに口をはさんだ。

「覚えていますよ。マーチャと二人で抱きかかえたんでね。そいつは背が高くて赤ら顔で、顔の下のほうは隠れていて……」

「それで充分」ホームズが叫んだ。「それでその男はどうしました？」

「こっちは奴の面倒みるどころじゃなかったですからね」巡査は気分を害《がい》したようだ。

「一人でどうにか家へ帰ったでしょう」

「彼の服装は?」

「茶色のオーバーを着てただろうか?」

「手にムチは持っていただろうか?」

「ムチは、持っていなかった」

「置いてきたのだな」ホームズがつぶやいた。「そのあとで、辻馬車を見かけるか、車輪の音を耳にしなかったかい?」
「いいや」
「この半ソヴリン金貨は取っておいて下さい」ホームズは立ち上がると、帽子を手にした。「ランスさん、気の毒ですが、警察での出世は望めませんね。頭は飾りものではありませんから、せいぜい使わなくてはね。昨日の夜は、巡査部長になる機会があったのですが。君が腕に抱えた男こそ、この事件の手がかりを握る男、ぼくたちが追っている男です。いまさらあれこれ言っても仕方がない。とにかくそうなのです。さあ、ワトスン、帰ろう」

わたしたちは辻馬車のほうへ戻った。あとに残った巡査は半信半疑ながら、不愉快《ふゆかい》な気分だったことは確かだ。

「大へま野郎だ！」下宿に戻る馬車の中で、ホームズはにがにがしく言った。「あいつは莫大《ばくだい》な幸運にめぐり会いながら、つかみそこなった」

「ぼくにはまだよくわからない。確かに、あの男の人相は君が考える事件の犯人の特徴にぴったりだった。でもいったん逃げた後で、どうして戻って来たんだろう？　犯人らしくない行動だ」

「指輪だよ、君、指輪だ。奴はそのために戻って来たのだ。奴を捕まえる手がなくなったら、指輪を餌《えさ》におびきだせばいい。ぼくは必ず彼を捕まえてみせるよ、ワトスン。二対一で賭けてもいい。この件では君に感謝するよ。君がいなかったら、出かけなかったろうし、そうすればこれまでで最高の研究対象を逃すところだった。ちょっと芸術的な言い方をして、緋《ひ》色《いろ》で描いた習作とでも呼ぼうか。人生という無色の糸かせ[42]の中に、殺人という一本の緋色の糸がまぎれこんでいる。ぼくたちの仕事はその緋色の糸をほぐして、分離して、そのすべてを、端から端まで取り出すことなのだ。まずは、昼食、そしてノーマン・ネルーダ夫人の演奏会だ。彼女のアタックと運弓法《ボウイング》は実にすばらしいものだ。彼女が華麗《かれい》に弾く、ショパンのあの小曲は何といったかねえ、トゥラ・ラ・ラ・リラ・リラ・レイ」

馬車の座席に寄りかかり、この素人探偵はヒバリのように陽気にさえずり続けていたが、わたしは人間の心の多面性について考え込んでいた。

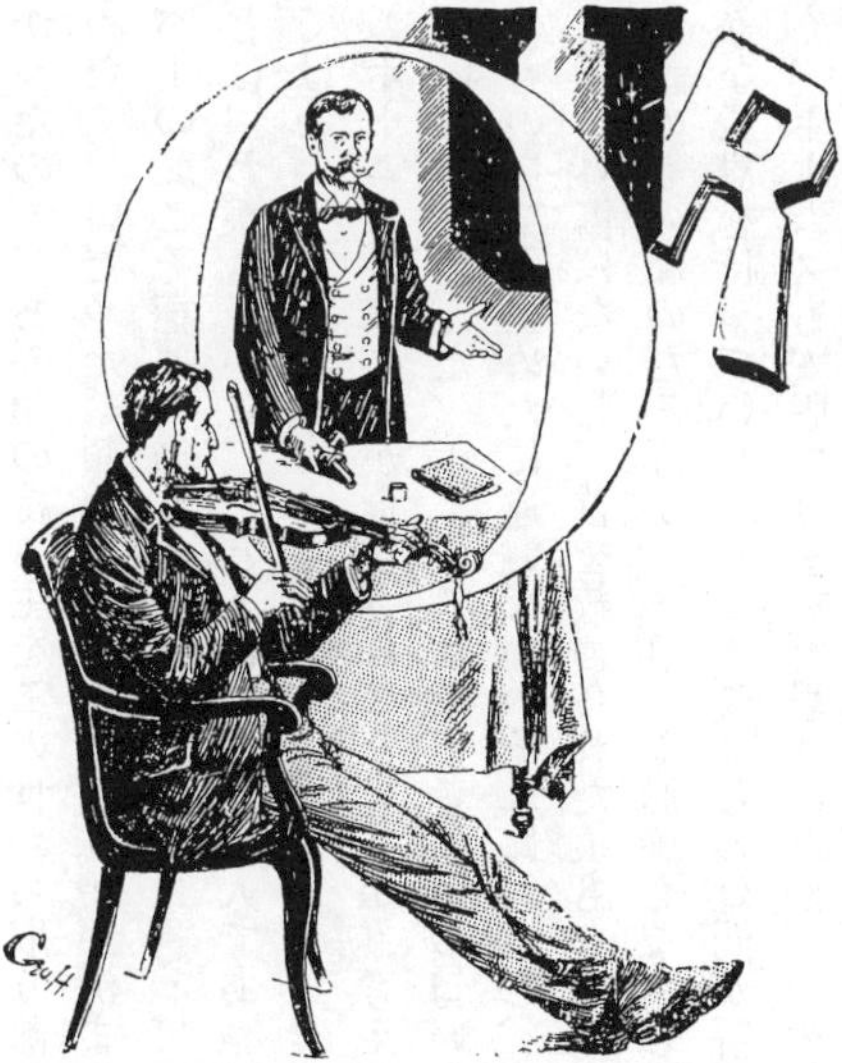

第5章　広告を見てやって来た人

午前中動きまわりすぎたので、健康体とはいえないわたしは、午後になると疲れ果ててしまった。ホームズが演奏会に出かけた後、ソファに横になって二時間ばかり眠ろうとしたのだが、無駄だった。今朝のことを考えると気持ちが高ぶって、奇妙なことを空想し、推理をめぐらしてしまうのだ。目を閉じるとあの殺された男のゆがんだ、まるでヒヒのような顔が浮かんでくる。その印象があまりに醜《みにく》かったので、あの顔の持ち主をこの世から取り除いてくれた人物につい感謝してしまったくらいだった。顔つきで悪人かどうかが決まるとしたら、イノック・J・ドレッバーの顔こそ極悪人のものだった。そうは言っても正義が保たれなくてはならないことは、わかっている。たとえ被害者が悪人であっても、法の下で犯罪は許されるものではない。

ホームズは被害者が毒殺されたというが、考えれば考えるほどこの仮説は突拍子《とつぴようし》のないものに思えた。ホームズは被害者の唇の匂いをかいでいたから、仮説の根拠になるものを突き止めたに違いない。それに、もし、毒殺でなかったら、死因はなんだろう？　外傷はないし、首を絞められた痕《あと》もないのだ。とすると、床に広がっていた血は誰のものなのだろうか？　争った形跡もないし、被害者は犯人にけがを負わせるような武器を持っていなかった。これらの疑問が解決されないうちは、わたしだけでなく、ホームズも安眠できまいと思うのだが、そのホームズの態度は穏やかで、自信にみちていた。わたしには容易に推測できない、すべての事実を説明する理論を彼は組み立ててあるのだろう。

ホームズの帰りは遅かった。夕食の支度ができても現われなかったので、演奏《えんそう》会に行っただけではないなとわかった。

「すばらしい演奏だったよ」ホームズはテーブルにつくなり言った。「ダーウィンが音楽について何て言ったか覚えているかい？(43)　人類には、音楽を演奏したり、鑑賞《かんしょう》したりする能力は、言語の能力よりも、はるかに前からあると言うんだ。音楽を聴いて感動するのは、そのせいだね。ぼくたちの心の底には、人類がたどった長い年月の記憶が刻みこまれているのだ」.

「いささか大ざっぱな考えだな」わたしは答えた。

「自然を理解するには、自然と同じだけのスケールにならないとね」彼は言った。

「ところで、どうかしたのかい？　元気がないね。ブリクストン通りの事件のせいかな」

「そのとおり。アフガン戦争を体験しているのだからもっと神経が太いと思ってたけれどね。マイワンドでは戦友が無残《むざん》な死に方をしても、平静《へいせい》でいられたのに」

「わかるよ。この事件には想像をかきたてるものがあるのだ。想像しなければ、恐怖もない。ところで、君は夕刊を見たかい？」

「いいや」

「事件のことがかなり詳しく載《の》っているよ。被害者を持ち上げたとき、指輪が落ちたということには触れていない。そのほうが都合がいい」

「どうしてかい？」

「この広告を見てくれたまえ。今朝、ぼくが各新聞社に送ったものだ」

ホームズは新聞を投げてよこした。遺失物拾得欄《らん》の最初に載った広告は次のようなものだった。「今朝、ブリクストン街のホワイト・ハート・パブとホーランド・グローブの間の路上で、金の結婚指輪を拾いました。今夕、八時から九時の間に、ベイカー街二二一Bのワトスン医師まで来られたし」

「君の名前を勝手に使ってすまなかったが、ぼくの名前だと例ののろまな連中に気づかれて、邪魔されたくなかったものでね」

「それはかまわないけれど、誰かが来ても、指輪がないよ」

「それなら、ここにある」ホームズは指輪をわたしに手渡して言った。「これで充分だ。そっくりだからね」

「この広告を見て、誰が現われると思っているんだい？」

「もちろん、あの茶色のコートの男さ。四角い爪先の靴をはいた、赤ら顔のね。本人が現われなくても、共犯者をよこすだろう」

「警戒するのではないかな？」

「心配はいらない。もしぼくの考えが正しければ、正しいと信じるだけの理由があるのだけれど、この男は指輪を取り戻すためならどんな危険も辞《じ》さないはずだ。ぼくの考えでは、ドレッバーの体の上に身を屈《かが》めた時に指輪を落とし、そのときには気がつかなくて、家を出た後、なくしたことに気がついて急いで戻ったのだが、愚《おろ》かにもろうそくの火をつけたままにしておいたために、既に巡査が中にいたんだ。うろうろしていたのを、あやしまれないために、酔っ払いのふりをしたんだ。あいつの身になれば、いろいろ考え合わせて、指輪をなくしたのは家を出た後かもしれないという気持ちにもなるだろう。そうしたら、どうすると思う？　落し物の欄に載っているかもしれないと思って、夕刊を必死に眺めるだろうね。そこで、当然この広告に目が止まるというわけだ。うれしさが先に立って、わなかもしれないなんて思いもしないさ。彼のほうには指輪が発見されたことと、殺人事件を結びつける理由がないのだ。彼は来るよ。きっと来るよ。一時間以内に来る」

「そうしたら、どうするのかい？」わたしはたずねた。

「まあ、ぼくにまかせて。ところで、君は武器を持っているかい？」

「古いけれど、軍隊時代のピストルと弾が少しある」

「手入れをして、弾をこめておいたほうがいい。彼は追いつめられているからね。不意をねらって捕まえるつもりだけれど、用心しておくにこしたことはない」

わたしは自分の寝室に戻り、ホームズの言ったとおりにした。ピストルを持って居間に戻ってくると、食卓は片づけられ、ホームズはヴァイオリンをかきならしていた。

「事態はますます込みいってきた。アメリカに打った電報の返事が来たよ。ぼくの推理は正しかった」

「それで?」

「このヴァイオリンの弦《げん》を取り替えるとよく鳴るんだがなあ。ピストルをポケットに入れておきたまえ。奴が来たら、普通の態度で話しかけて、あとはぼくにまかせてくれ。じろじろ眺めて彼が用心してしまわないようにね」

「さあ、八時だ」時計を見て、わたしは言った。

「そう、もうすぐ現われる。ドアは少し開けておいてくれ。鍵は内側から差し込んで。そう、ありがとう。ところで、これは珍しい古本なんだ。昨日露店《ろてん》で買ったものだけれど、『諸民族間の法規《ほうき》』といって、一六四二年にローランド㊹のリエージュで出版されたラテン語の本なんだ。この小さな茶色の背表紙の本が印刷されたのは、チャールズ国王㊺の首がまだ胴体《どうたい》につながっていたときさ」

「出版者は誰かな?」

「どんな人なのか、フィリップ・ド・クロイとなっている。インクの色があせているけど、見返しに誰だか知らないが、グリエルミ・ホワイト蔵書《ぞうしょ》と書いてある。ウィリアム・ホワイトというわけだが何者だろう。十七世紀のもったいぶった法律家か何かかな。筆跡に法律家らしさがみられる。おや、おいでになったようだ」

　彼がこう言ったとき、階下でベルがチリンと鳴った。ホームズは静かに立ち上がると、自分の椅子《いす》を入口の方へ動かした。使用人が玄関ホールを歩いていく足音が聞こえ、掛け金をはずす音が聞こえた。

「ワトスン先生のお住まいはこちらでしょうか？」はっきりとした、しかし耳障《みみざわ》りな声が尋ねている。使用人の声は聞こえなかったが、ドアが閉められ、階段を上がってくる音がした。足音はどこかおぼつかなく、ひきずっているようだ。ホームズの顔がいぶかしそうだった。その足音は廊下をゆっくり歩いてくると、ドアをそっと叩く音がした。

「どうぞお入り下さい」わたしは叫んだ。

　これに応えて入ってきたのは、期待していた、狂暴な男ではなく、しわくちゃの老婆で、足が不自由そうだった。老婆は部屋の明りに一瞬目がくらんだようで、わたしたちにお辞儀をすると、目をしばたたかせて、神経質に震《ふる》える手でポケットをもぞもぞさぐっていた。ホームズに目をやると、彼はがっかりした顔つきをしていた。わたしとしては、冷静な顔を保つのがやっとだった。

　老婆はポケットから夕刊を取り出すと、例の広告をさして言った。「このことでこちらに伺ったのでございます、だんな様」ここでまた頭を下げた。「ブリクストン通りで見つかったこの金の結婚指輪はわたしの娘のサリーのものです。一年前に結婚しまして、婿《むこ》はユニオン汽船(46)の客室係でございます。家に帰ってきたときに娘が指輪をなくしたことに気がついたら、何と申しますか。婿はふだんからとても短気で、とくに酔ったときは大変なものですから。どうしてなくしたのかと申しますと、娘は昨晩サーカスへ出かけまして、……」

「これがその指輪ですか？」

「神さま、ありがとうございます。これでサリーも今夜は、安心して眠れます。娘の指輪にまちがいございません」

「それで、お住まいはどちらですか？」わたしは鉛筆を持ち、たずねた。

「ハウンズディッチのダンカン通り十三番、ここからはかなり遠くでございます」

「ハウンズディッチからどちらのサーカスへ行くにも、ブリクストン通りを通る必要はありませんね」ホームズは問いつめるように言った。

老婆は振り返ると、縁が赤くなった目でホームズをじっと見つめた。「こちらのだんな様にお答えしたのは、わたしの住まいのほうで、サリーはペカムのメイフィールド・プレイス三番に部屋を借りております」

「で、あなたのお名前は？」

「わたしは、ソーヤーと申します。娘の姓はデニスです。婿はトム・デニスでございます。海に出ているときは、頭の良い、みだしなみもきちんとした若者で、会社でも一番の客室係なのでございますが、いったん陸に上がりますと、酒と女で、まあ……」

Geo. Hutchinson fec. 91

「では、ソーヤーさん、指輪をお持ち下さい」ホームズが合図をしたので、わたしは口をはさんだ。「これは、確かに娘さんの指輪のようだ。持ち主にお返しできて、わたしもうれしいです」

あれこれ感謝の言葉をもぐもぐ言ってから、老婆は指輪をポケットにしまい込み、足を引きずりながら、階段を降りていった。ホームズは老婆がいなくなるや、立ち上がり、自分の部屋に飛び込んだ。数秒後に戻ってきたときは、外套《がいとう》とえり巻きに身を包んでいた。「彼女の後をつけるんだ」大急ぎでわたしに告げた。「彼女は共犯者に違いない。後をつければ、犯人のところに行ける。寝ないで待っていてくれたまえ」老婆が玄関を出るか出ないうちに、ホームズは階段を降りていった。窓から覗《のぞ》いてみると、通りの向こう側を、老婆が疲れたように歩いていた。その少し後ろをホームズが尾行している。

「彼の推理がまったく間違っているか、いないか、いずれにしても彼はいま事件の核心に近づいているのだ」わたしは考えた。ホームズに言われなくても、彼の冒険の結果を聞くまでは眠れそうになかった。ホームズが出発したのが、九時頃。どのくらいかかるのかわからなかったが、ぼんやりパイプをふかしながら、アンリ・ミュルジェの『ラ・ボエーム』(47)をぱらぱらと読んでいた。十時になった。ぱたぱたという足音がして、使用人が自分の部屋に入っていった。十一時。女主人の重い足音が聞こえ、彼女も寝室にさがった。十二時近く、玄関の掛け金が開く音が聞こえた。部屋に入ってきたホームズの顔を見ると、尾行がうまくいかなかったことがすぐにわかった。ホームズの心の中で、愉快《ゆかい》な気持ちと、くやしい気持ちが優位を争ってせめぎ合っていたが、ついに前者が勝利をおさめ、ホームズはおなかの底から笑い出した。

「スコットランド・ヤードの連中には内緒にしておきたいな」ホームズはどさっと椅子に倒れ込んで、叫んだ。

「あれだけ彼らをからかったのだから、こっちもいつまでも言われるだろうな。でも、今こうして笑っていられるのは、そのうち借金を返せることがわかっているからだ」

「どうだったのかい？」わたしはきいた。

「自分の失敗談を語るのを、ためらう気はないよ。あの老婆は少し歩いたところで、足を引きずり始め、いかにも足を痛めた様子だった。やがて、立ち止まると、通りがかった四輪馬車をとめたんだ。ぼくはできるだけ近づいて、住所を聞きとろうとした。でも、そんな苦労をすることはなかったんだ。彼女は、通りの向こう側でも聞き取れるくらいの大声で住所を叫んだんだ。『ハウンズディッチのダンカン街十三番まで』これは本物らしいな、と思い始めたね。確かに馬車に乗り込むのを見届け、ぼくは馬車の後ろにしがみついた。これは探偵なら熟練していなくてはならない技術の一つだ。それから、馬車は走り始め、問題の通りに着くまで一度も手綱《たづな》を引いて、止まることはなかった。十三番の手前で、ぼくは馬車から飛び降りて、何くわぬ顔でぶらぶらと通りを歩いていた。馬車が止まって、駅者《ぎょしゃ》は飛び降りると、扉を開けて、客が降りるのを待っていた。だが、誰も現われないのだ。駅者に近づくと、彼は空っぽの馬車の中を懸命に探っているところで、すさまじい言葉でののしっていた。乗客の影も形もなかった。馬車代を貰える可能性はないだろうな。駅者と一緒に十三番の家でたずねてみると、そこは、ケズウィックという名前のちゃんとした壁紙貼りの職人の家で、ソーヤーという名前もデニスという名前も聞いたことがないそうだ」

「それじゃあ、こういうことかい?」わたしはびっくりして尋ねた。「つまり、あのよぼよぼの老婆が走っている馬車からとび降りることができて、なおかつ、君も駅者もそれに気づかなかったというのかい?」

「なんということだ! よぼよぼ婆さんなんてとんでもない」ホームズは鋭く言った。「まんまと騙されて、ぼくたちこそよぼよぼだ。あれは、若くて敏捷《びんしょう》な男だ。おまけに見事な役者で、うまい変装だった。つけられていることを知って、たくみな方法で、ぼくをまいたに違いない。ぼくたちが求める男は、ぼくが考えたほど、孤独な人間ではなく、彼のために危険をも冒す友人を持っている。ところで、ワトスン、君は疲れはてて見えるよ。もう、休んだほうがいい」

確かに非常に疲れていたので、ホームズのすすめに従って、自分の寝室に入った。ホームズはくすぶって燃えている暖炉の前に残っていた。夜遅く眠れずにいると、彼のヴァイオリンの音が聞こえてきた。低く、悲しそうな音色を聞いて、この不思議な事件についてホームズはまだ考えているのだなと思った。

第6章　グレグスン警部の大活躍

翌日の新聞はどれも「ブリクストンの怪事件」と名づけられたあの事件の記事でいっぱいだった。どの新聞も事件について長い記事を載せていたが、そのうえに社説で扱った新聞もあった。なかにはわたしにとって目新しい情報もあった。その当時、事件の切抜きをたくさんスクラップしておいたが、それが今も手元にある。いくつかを次に要約してみよう。

「デイリー・テレグラフ」紙[48]——犯罪史上、これほど不思議な様相を呈した事件はなかったと述べ、被害者の名前がドイツ系であること、動機がほかにないこと、壁に残された不気味な文字から考えて、この事件が政治的亡命者や革命家の仕業《しわざ》であることが考えられ、アメリカには社会主義者の支部がたくさんあるから、被害者は組織の不文律《ふぶんりつ》をおかし、逃げたところを探し出されたのだろうと論じている。秘密裁判制度《フェームゲリヒト》、トファナ水[49]、炭焼き党《カルボナリ》[50]、ブランヴィリエ侯爵夫人、ダーウィンの進化論、マルサスの人口論[51]、ラトクリフ街殺人事件[52]にまでに言及し、イングランドに住む外国人をもっと厳しく監督するよう政府を促して、記事を結んでいる。

「スタンダード」紙[53]――この種の不法行為が自由党政権のもとでしばしば発生しているという事実について論評している。大衆の心が不安定であること、それに伴うすべての権威の弱体化から起こるものである。被害者は、アメリカ紳士で、数週間前からロンドンに滞在しており、キャンバウェルのトーキー・テラスのシャルパンティエ夫人が経営する下宿屋に、逗留《とうりゅう》していた。この旅行には個人秘書のジョウゼフ・スタンガスン氏を伴っている。この二人は今月四日の火曜日に女主人に別れを告げ、ユーストン駅へ向かった。その際、リヴァプール行きの急行列車に乗ると言っていた。その後二人の姿は駅のプラットホームで目撃されているが、それ以後の二人の消息は全くわからず、ドレッバー氏はブリクストン街の空き家で死体で発見されたのである。ユーストン駅[54]から何キロも離れたあの場所へ同氏がどのようにして来たのか、いかにしてかの運命に出会ったのか、すべてが謎である。スタンガスン氏の所在は不明。スコットランド・ヤードのレストレイド警部とグレグスン警部が事件を担当しているのは心強いかぎりである。二人の著名な警部はまもなく事件を解明するものと確信している。

「デイリー・ニューズ」紙(55)――この事件は政治的なものであることは間違いないと述べている。専制政治や自由主義に対する憎悪が大陸の国々の政治を動かしているため、多くの人々がわが国へ逃げてきている。この人々はつらい過去の記憶に悩まされなければ、優れた市民になったことであろう。彼らの間には名誉に関する厳しい掟があり、それを犯したものは死をもって償《つぐな》うものであると述べ、被害者の習慣について確認するために、全力をあげて秘書のスタンガスン氏を捜《さが》し出すべきである。被害者が下宿していた場所をつきとめたのは大きな進歩であり、これはひとえにスコットランド・ヤードのグレグスン警部の鋭い観察眼と精力的行動のおかげである。

ホームズとわたしは、これらの記事を朝食をとりながら読んでいたのだが、ホームズにはよほどおもしろかったようだ。

「言ったとおりだ。何が起きても、点数を稼ぐのはレストレイドとグレグスンなのさ」

「それは事件の結果次第ではないのかい?」

「ところが、それはまったく関係なしなのさ。犯人が捕まれば、彼らの努力のおかげで、とり逃がしたとしても、それは彼らの努力にもかかわらずとなるのだ。コインの表が出ればぼくの勝ち、裏が出れば君の負けという具合さ。いつでも彼らが勝ちというわけさ。彼らが何をしても、必ず追随者《ついずいしゃ》がいるんだ。『愚《おろ》かな者を賞讃《しょうさん》するもっと愚かな者が常にいる』ってね」

「あれはいったい何だ？」玄関でばたばたと大勢の足音がして、階段を駆け上がってきた。この家の女主人のうんざりした文句の声も聞こえてきた。

「あれは、刑事警察ベイカー街支隊(56)だよ」ホームズがまじめに答えた。これまで見たなかで、一番汚くて、ひどいボロを着た浮浪児が六人、部屋にどやどやと入ってきた。

「気をつけ！」ホームズが厳しい声で叫ぶと、六人の悪ガキたちは、うす汚れた小さな銅像のように一列に横に並んだ。「これからは、ウィギンズだけが代表で報告に上がってくるように。ほかの者たちは外で待ちなさい。ウィギンズ、見つかったかい？」

「いいえ、まだです」子どもたちの一人が答えた。

「期待はしていなかったが、見つかるまでがんばってほしい。さあ、今日の日当」ホームズは一人に一シリングずつ手渡した。「さあ、もう行っていい。今度は良い知らせを持ってくるんだよ」

ホームズが手を振ると、子どもたちはネズミの子のように散って、階段を駆け下り

Geo. Hutchinson

ていき、すぐに表の通りから彼らが甲高《かんだか》く喋《しゃべ》り合う声が聞こえてきた。

「あの子たちは十二人の警官より役に立つんだ。役人風な人間を見ただけで、人は口をつぐんでしまうが、あの子たちなら、どこでも入り込め、何でも聞いて来られる。彼らは針のように鋭い。ただ、欠けているのは組織力だ」

「ブリクストン事件のために雇《やと》っているのかい？」わたしはたずねた。

「そうさ。ちょっとはっきりさせたい点があってね。それも時間の問題だと思う。これは、これは、何か新しい情報を聞けるかもしれないぞ。グレグスンが満面に笑みを浮かべて歩いてくる。もちろん、ここへ来るのさ。ほら、立ち止まった、来た！」

玄関のベルが激しく鳴って、まもなく、金髪のグレグスン警部が、一度に三段ずつ階段を駆け上がり、私たちの居間に飛び込んできた。

「やあ、ホームズさん」とホームズの手を強く握りしめながら叫んだ。ホームズのほうはただ手を差し出しているだけだ。「喜んで下さい。わたしがすべて解決しました」

ホームズはよく感情を顔にあらわすのだが、そのとき、ふと不安そうな表情がホームズの顔をよぎったように見えた。

「君の推理は正しかったと言うのかい？」ホームズが尋ねた。

「正しかったかですって？　わたしは犯人を逮捕しました」

「それで、犯人の名前は？」

「アーサー・シャルパンティエ、英国海軍の中尉《ちゅうい》です」グレグスンは、太った手をこすり合わせ、胸をふくらませ、もったいぶって叫んだ。

ホームズはほっとして、笑みを浮かべた。

「どうぞおかけ下さい。葉巻はいかがです?」ホームズは言った。「どのように逮捕に至ったのかをぜひとも伺いたいですね。ところで、ウィスキーの水割りはいかがです?」

「ありがとう、ごちそうになります。この二、三日非常にがんばったものだから、すっかり疲れてしまいましたよ。肉体的にではなく、精神的にですがね。ホームズさんなら、おわかりでしょう。お互いに頭脳労働者ですからね」

「恐縮です」ホームズはきまじめな顔で答えた。「さあ、どうやって犯人逮捕に至ったか、聞かせて下さい」

グレグスンは肘掛け椅子に腰かけて、満足そうに葉巻をふかしていた。そして、突然愉快の発作におそわれたように、膝《ひざ》を打った。

「おかしいのは、レストレイドが、彼は自分では腕利《うでき》きだと思っていますが、あのまぬけなレストレイドが、まったく的はずれな調査をしてるのですよ。彼は秘書のスタンガスンを追いかけていますが、わたしの考えでは、スタンガスンが事件に関係のないことは、生まれていない赤ん坊が関係ないのと同じくらいです。今頃はスタンガスンを捕まえていることでしょう」

こう考えるとおかしくてたまらないらしく、グレグスンはむせかえるまで笑い続けた。

「手がかりをどのように手に入れたのです？」

「すべてお話しします。もちろん、これはここだけの話ですよ、ワトスンさん。まず第一に取り組むべき問題は、このアメリカ人の身元調べです。まあ、ほかの人ならば広告に反応があるのを待つか、関係者が名乗り出るのを待つのでしょうが、そこが、トバイアス・グレグスンの違うところです。殺された男のそばに帽子《ぼうし》があったのを、覚えていますか？」

「ええ、キャンバウェル通り一二九番、ジョン・アンダーウッド父子商会の製品でしたね」ホームズが言った。

グレグスンは少なからずがっかりしたようだった。

「あなたが気づいていたとは思ってもみませんでした。それで、店には行ってみましたか？」

「いいえ」

「それは、それは！」グレグスンはほっとした様子で叫んだ。「どんなに小さくても、チャンスをおろそかにしてはいけません」

「偉大なる精神にとって、つまらないものは何もない、ですね」ホームズはもったいぶって相づちを打った。

「とにかく、私は店に行って、主人にサイズはこれこれで、こんな帽子を売った覚えはないか尋ねてみました。台帳を調べたらすぐにわかって、帽子はトーキー・テラスのシャルパンティエの下宿屋に逗留しているドレッバーという男に届けたと教えてくれました。こうやって彼の住まいがわかったというわけです」

「それは、なかなかの手際のよさだ」ホームズはつぶやいた。

「次に、私はシャルパンティエ夫人を訪ねました」警部は話を続けた。「夫人は青い顔をして、何か悩んでいるようでした。娘さんも一緒だったが、これが大変な美人でして、目を赤くしていた。それに、私が話しかけると、唇が震《ふる》えているのです。これを見逃すような私ではありません。何かうさんくさい感じでした。この感じ、ホームズさんならおわかりでしょう。正しい手がかりをつかんだときには、ぞくぞくっとくるのです。『お宅に下宿していた、クリーヴランド市のイノック・J・ドレッバー氏が不可解な死を遂げられたことはご存じですね？』私はたずねました。

母親は頷《うなず》いただけで、言葉を発することができません。娘はわっと泣き出した。二人は事件について何か知っていると、ますます確信しましたよ。

『ドレッバー氏が、汽車に乗るためにここを出たのは、何時でしたか？』

『八時でした』夫人は心の動揺を抑えるように、ごくりと息を呑み込んだ。『秘書のスタンガスンさんは、列車は九時十五分発と十一時発があるが、早いほうの列車に乗るつもりだとおっしゃっていました』

『それっきり彼の姿は見かけなかったのですね？』

私がこう質問すると、みるみる夫人の顔色が変わり、土気色になってしまいました。『はい』と答えるのもやっとで、しゃがれた、不自然な声でした。

しばらく沈黙があって、娘が穏やかな、はっきりした声でこう言ったのです。

『お母さん、嘘《うそ》をついては良い結果にはならないわ。この方には何もかもお話ししましょう。その後、ドレッバーさんにお目にかかりました』

『まあ、おまえは何てことを言うの！』母親は手を上げて、椅子にくずれおちた。

『おまえは兄さんを殺すのかい』

『アーサー兄さんだって、本当の事を話すほうがいいって思うに決まっているわ』娘はきっぱりと答えた。

『私にすべてお話しくださるのが、最善のことです』私は言った。『中途半端に隠しだてするのはよくありません。それにわれわれもいろいろつかんでいますからね』

『こうなったのも、アリス、みんなおまえのせいだよ』こう叫ぶと、夫人は私の方を振り向いて話し始めた。『すべてお話しします。わたしが動揺したのを、息子があの恐ろしい事件に関係あると思っているからと、勘違いしないでくださいまし。あの子にはまったく関係ありません。ただ、あなたさまやほかの方々の目にはそう見えるのではないかと心配しているのです。しかし、そのようなことはありえません。あの子の潔癖《けっぺき》な性格からも、職業や経歴からも、そんなことをするはずはありません』

『正直にお話しになるのが一番です』私は答えました。『大丈夫、息子さんが潔白なら、お話しになっても彼のためにならないことはありません』

『アリス、おまえはちょっと席をはずしていなさい』夫人がこう言うと娘は部屋を出て行きました、『さて、警部さん』夫人が話を続けた。『あなたにお話しするつもりはありませんでしたが、娘が喋《しゃべ》ってしまいましたので、ほかに仕方がありません。お話しすると決めたからには、何もかも隠さずに申しあげます』

『それが賢明ですよ』私が言いました。

『ドレッバーさんは、三週間ほどここにお泊まりでした。秘書のスタンガスンさんと一緒に、大陸をご旅行されていたようです。トランクにコペンハーゲンのラベルが貼ってありましたから、ロンドンの前は、コペンハーゲンに滞在《たいざい》されていたと思います。スタンガスンさんは、穏やかで、控え目な方でしたが、ドレッバーさんときたら、こう申してはなんですが、粗野《そや》で、品がないのです。こちらにみえた最初の晩から酔っ払っていました。とにかく、昼すぎにはしらふでいたことがありません。メイドに対する態度もなれなれしくて、困っておりました。それに、娘のアリスにも同様の態度をとり、たびたび卑猥《ひわい》なことを言うようになりまして、娘が理解できなかったのは幸いでしたが、あるときなど、娘を抱きしめたことがありました。このぶしつけなふるまいには秘書の方でさえ、紳士らしからぬ行動は止《よ》すようにと言って、間に入って下さったので、助かりました』

『どうして、我慢していたんですか？』私は尋ねた。『下宿人が気に入らなかったら、出て行ってもらえばいいじゃありませんか？』

夫人はこの当を得た質問に顔を赤らめた。『最初の日に断わっておくべきでした。でも、大変な誘惑でしたから。一人一日一ポンド、一週間で十四ポンドは、この不景気な時に、断わるには惜しかったのです。夫がおりませんし、海軍の息子にはお金がかかりますから。でも、娘を抱きしめるに至っては我慢できません。それで、出て行ってほしいと申しました』

『それで？』

『彼が馬車で出て行くのを見て、わたしの気持ちも軽くなりました。息子はちょうど休暇中でしたが、このことは何も話してありませんでした。あの子は気性が激しくて、それにとても妹思いなのです。二人が出て行って、心の重荷が軽くなったと思ったのに、一時間もしないうちに、玄関のベルが鳴って、ドレッバーさんが戻ってきたのです。非常に興奮していて、酔っ払っていました。わたしと娘がいる部屋にずかずか入り込むと、汽車に乗り遅れたとか何とか、とりとめのないことを言ってました。それから、娘のほうを向くと、わたしの面前でアリスに結婚を申し込んで、一緒に駆け落ちしようと言うのです。「あんたは成人なんだから、邪魔をする法律はないんだ。おれは金をたっぷり持っているから、こんなばあさんにはかまわず、今すぐおれと一緒に行こう。そうすれば、王女さまのような暮らしができるぞ」——かわいそうにアリスはすっかりおびえて、逃げようとしたのですが、手首をつかむと、無理やりドアのほうへ引っ張って行こうとしました。わたしが叫び声をあげると、ちょうどアーサーが部屋に入ってきたのです。それから何が起こったのかわかりません。どなりあう声ともみあう音が聞こえましたが、怖くて顔を上げられなかったのです。わたしが見上げたときは、アーサーが戸口に立って、ステッキを手に、笑っていました。『もう面倒は起こさないだろうが、あいつの後をつけて、どうするか見届けておこう』あの子はこう言って、帽子を取って、表へ駆け出して行きました。そして、翌朝、ドレッバーさんが不可解な死に方をしたことを知りました』

これだけのことを言うのに、夫人は何度も息を止めたり、休んだりしてました。ときどきは声が低すぎて聞き取れないくらいでしたが、とにかく、彼女が言ったことは、速記で書き取っておいたから、間違いの心配はありません」

「なかなか、おもしろい話だった」ホームズはあくびをしながら言った。「それから、どうなったのかね？」

「シャルパンティエ夫人が言葉を切った時、事件全体がある一点にかかっていることに気がつきました。そこで、今までにも女性に効果のあった目つきで彼女をじっと見つめ、息子は何時に帰ってきたかとたずねてみました。

『存じません』と彼女は答えた。

『知らないのですか？』

『はい。息子は表の戸の鍵《かぎ》を持っていて、自由に出入りできますので』

『あなたが休まれてからでしょうか？』

『はい』

『では、あなたは何時に休まれましたか？』

『十一時頃です』

『それでは、息子さんは、少なくとも二時間は外出していたということですか？』

『はい、そうです』

『あるいは、四、五時間かもしれない？』

『はい』

『その間、息子さんは何をしてたのですか』

『わかりません』彼女は、昼まで血の気を失っていました。

あとは簡単でした。シャルパンティエ中尉の所在をつかんで、二人の巡査と一緒に逮捕に行きました。彼の肩に手をかけ、おとなしく一緒に来るように言うと、彼の言葉は実に図々しいものでした。『わたしの容疑はあのドレッバーという野郎が殺された件だね』われわれが何も言わないうちに、自分で言い出したのが、実に疑わしい」

「たしかに」ホームズが言った。

「彼がドレッバーを追いかけて行くとき持っていたというステッキをまだ手に持っていました。がっしりとした、樫《かし》の棍棒《こんぼう》でした」

「君の推理を聞かせてもらおうか」

「わたしの推理はこうです。彼はドレッバーの後をつけてブリクストン通りまで行った。そこでまた、二人の間で口論が始まって、やがてドレッバーはみぞおちかどこかをステッキで打たれて死に、それで外傷は残らなかった。その晩は雨で、周りに人がいなかったので、シャルパンティエはドレッバーの死体を空き家に運びこんだ。ろうそく、血、壁の文字、指輪、すべて警察を混乱させるためのトリックにすぎません」

「おみごと！」ホームズがおだてるように言った。「グレグスン、君は全くよくやっている。これからはご意見を尊重しましょう」

「われながら、感心していますよ」グレグスンは自慢そうに答えた。「青年はすすんで供述したのですが、それによるとドレッバーをしばらくつけたが、気づかれて、ドレッバーは馬車に乗って逃げてしまったというのです。そして、家に帰る途中で昔の船員仲間と会って、一緒にあっちこっち長いこと歩きまわったと言ってますが、この仲間の住まいはどこかと聞いても満足に答えられません。すべてこの上なく辻褄《つじつま》が合うと思います。ただ、レストレイドが間違った手がかりを追いかけていると思うと、おかしくて。何も出てこないと思いますがね。おや、おや、ご本人の登場だ！」

やって来たのは、まさしくレストレイドだった。いつもの彼なら、態度や着ているものに自信と気取りがあふれているのだが、今日はそれがなかった。うかない顔をして、洋服も乱れて、だらしなかった。彼はホームズに相談に来たらしいが、同僚《どうりょう》が来ていることに気づくと、当惑し、がっかりしたようだ。部屋の中央に立ったまま、そわそわと帽子をいじりながら、どうしたらいいのか、迷っている様子だ。「今度の事件は、実に奇妙です」彼は、ついに口を開いた。「実に、不可解な事件だ」

「レストレイド、君もそう思いますか？」グレグスンは勝ち誇《ほこ》ったように大声をあげた。

「君の結論がそうなると思ってたよ。秘書のスタンガスンの居場所はわかったかい？」

「スタンガスン氏は」レストレイドは重苦しい口調で言った。「今朝六時、ハリデイ特定ホテルで殺されました」

第7章　暗闇にさす光

レストレイドがもたらした情報は、予想もしなかった、重大なものだったので、三人とも呆然としてしまった。グレグスンは椅子から飛び上がって、残っていた水割りウィスキーをこぼしてしまった。わたしは何も言わずに、ホームズの顔を見つめていた。彼は口をきっと結び、眉《まゆ》をぐんと寄せていた。

「スタンガスンもか！」ホームズはつぶやいた。「話は混《こ》み入ってきた」

「前から混み入ってますよ」レ

ストレイドは椅子に座ると、不平そうに言った。「ぼくは、作戦会議の途中にお邪魔したようですね」

「君、その情報は確かかい?」グレグスンが口ごもりながらきいた。

「ぼくは、今まで彼の部屋にいたのですよ。彼の死体を最初に発見したのは、このわたしです」

「わたしたちは、事件に関するグレグスンの意見を聞いていたのだ」ホームズは言った。「よかったら、君の話を聞かせてもらおうか?」

「わかりました」レストレイドは座りなおすと、話し始めた。「スタンガスンがドレッバーの死に関係あるというのが、わたしの考えでした。しかし、この新しい事態で、わたしが間違っていたことが、わかったのです。はじめは一つの考えにとらわれて、秘書がどうなったかを調べにかかりました。二人は三日の夜八時半頃、ユーストン駅で一緒にいるところを、目撃されています。そして翌朝二時に、ドレッバーはブリクストン街で殺されているのを発見された。問題は、スタンガスンが八時半から犯行の時間まで何をしていたか、その後どうなったかを調べることでした。私はリヴァプールに電報を打ち、男の人相を知らせ、アメリカ船を警戒するよう指示してやりました。それから、ユーストン駅界隈《かいわい》の、ホテルや下宿屋を調べてまわったんです。ドレッバーとスタンガスンが別れたとすれば、スタンガスンがその晩は近くのホテルに泊まって、翌朝また駅に来るというのが、自然なのではないかと考えたのです」

「前もって、会う場所を決めておいたのではないかな」ホームズが言った。

「実は、そうだったのです。昨日の夜中、尋ねてまわりましたが、無駄だったので、今朝は早くから聞き込みを始めて、八時頃、リトル・ジョージ街のハリデイ特定ホテルに寄って、スタンガスンという男は泊まっていないかと尋ねたら、いるという返事でした。

『それでは、あなたがお待ちかねの方ですね。二日間、待っておられましたよ』

『今、どこにいるのかね？』

『二階でお休み中です。九時に起こしてほしいと、おっしゃっていました』

『すぐに、行ってみよう』

突然わたしが現われれば、動揺して、不用意に何か喋《しゃべ》るのではないかと思いましてね。雑役夫《ぞうやくふ》(57)が先に立って、二階の部屋へ案内してくれました。部屋のドアを指さしてから、男が階段を降りようとした時、何か気分が悪くなるようなものが、目に入ったんです。二十年も捜査に関わっていながら、思わず吐きそうになりました。ドアの下から、血が赤いリボンのように流れ出て、通路を曲がりくねって横切り、反対側の壁の下にたまっているんです。わたしが、思わず叫び声をあげたので、案内してくれた男が引き返してきました。彼も失神しそうでした。ドアは中から鍵がかかっていたので、二人でぶつかってドアを破《やぶ》り、中に入りました。部屋の窓は開いていて、そのそばに、寝巻姿の男が、丸くなって、うずくまっていました。彼はことされていましたが、手足が冷たく、硬直していましたから、死後、数時間といったところでしょう。彼の体を起こして、宿の男に確認させたところ、ジョウゼフ・スタンガスンという名前でこの部屋に泊まっていた男に間違いないと言っていました。死因は、体の左側の深い刺し傷、おそらく心臓にまで達していると思われます。さて、これからが、事件の不可解なところです。殺された男の体の上に、何があったと思いますか?」

わたしは体がぞくぞくっとした。ホームズが答える前に、恐怖の予感のようなもので震《ふる》えがきた。

「RACHEと血で書いてあった」ホームズが言った。

「そのとおりです」レストレイドは、感心と恐れが入り交じったような声で答えた。

そして、わたしたち四人は、しばらく黙ったままだった。

この犯人のすることは、秩序立っていながら、不可解だ。それが、この事件の不気味さをいっそう強めている。戦場でさえ動じなかったわたしも、この事件を考えると、背すじが寒くなる。

「男が目撃されてます」レストレイドが話を続けた。「牛乳配達の少年が、ホテルの裏手の廏《うまや》からの細い道を歩いていた時、いつもは横になっているはしごが、二階の窓の一つに立て掛けられているのに、気がついたそうです。窓は大きく開いていたと言ってます。通り過ぎてから、振り返ってみると、一人の男がはしごを降りてきたが、落ち着いて、堂々としていたので、宿で仕事をしている大工かなにかと、思ったそうです。特に気にもとめなかったが、ただ、早くから働くなあとは思ったと言ってます。少年によると、男は背が高く、赤ら顔で、茶色っぽい、長いコートを着ていたそうです。犯人は犯行後、しばらく部屋にいたと思われます。洗面器の水で手を洗ったんでしょう、血で汚れていました。それに、シーツには凶器のナイフをぬぐったあとが、残っていました」

少年の言う、犯人の人相と、ホームズの言っていた犯人の人相が、あまりによく似ていたので、わたしはちらっとホームズの顔を見た。しかし、彼はうれしそうにも、満足そうにも見えなかった。

「部屋の中に、なにか犯人を割り出す手がかりは、なかったのかな？」ホームズはたずねた。

「別に。スタンガスンのポケットにドレッバーの財布がありましたが、支払いは全部スタンガスンがやっていたそうですから、べつに変ではありません。財布に八十ポンド入っていました。何も盗まれていません。この異常な犯行の動機がなんであれ、盗みでないことは確かです。ほかに、書類もメモの類《たぐ》いもありませんでしたが、電報が一通出てきました。一ヶ月前にクリーヴランドから発信されたもので、『Ｊ・Ｈはヨーロッパにいる』と、書かれていました。差出人の名前はありませんでした」

「ほかには?」ホームズがたずねた。

「重要そうなものはありません。あとは、スタンガスンが寝る前に読んでいた小説が、ベッドの上にころがっていたのと、彼のパイプが遺体のそばの椅子の上にありました。それから、テーブルの上に水の入ったコップが一つと、窓敷居《まどじきい》の上には丸薬《がんやく》が二粒入った経木の小箱がありました」

ホームズはうれしそうに大声をあげて叫ぶと、ぱっと立ちあがった。

「最後の環《わ》が見つかった。これで事件は解決だ」

二人の警部は驚いて、ホームズを見た。

「これで、すべて手に入った」ホームズは自信たっぷりに言った。「からまりあって、事件を難《むずか》しいものにしていた糸が全部ほぐれた。もちろん、細かい点をつめていかなくてはならないが、ドレッバーがスタンガスンと駅で別れてから、空き家で死体で発見されるまで何があったか、この目で見たようにわかった。証拠をお見せしよう。例の丸薬が手に入りますか?」

「ここに持っています」レストレイドはこう言うと、小さな白い箱を取り出した。

「丸薬と、財布、それに電報は署で保管しようと思って持ってきたんです。まあ、丸薬はついでてしたがね。重要なものだとは思えませんので」

「こちらに下さい」ホームズが言った。「ところで、先生、これは普通の丸薬かな？」

まったくそうではなかった。真珠《しんじゅ》のような灰色がかった、小さな丸いもので、光にすかしてみるとほとんど透明だった。「この軽さと、透明なところから考えて、水に溶《と》けそうだね」わたしは言った。

「きっとそうだ」ホームズが答えた。「ねえ、君、すまないが、下へ行ってあのテリヤを連れてきてくれないか。長いこと患《わずら》っているから、安楽死させてほしいと下宿のおかみさんが、昨日、君に頼んでいただろ」

わたしは階下へ行き、犬を抱いて戻ってきた。息づかいが荒く、目もどんよりしていて、もう先は長くなさそうだった。鼻づらも白くなって、犬の寿命は充分に生きたことを物語っていた。床の敷き物の上のクッションに犬を寝かせた。

「さて、丸薬の一つを半分に割ります」ホームズはこう言うと、小さなナイフを取り出した。「半分は、あとのために箱にしまっておき、残りの半分をワイングラスに入れます。グラスには一さじの水が入っている。ワトスン先生の言ったとおりだ、簡単に溶ける」

「おもしろそうですな」レストレイドは自分が馬鹿にされているような気がして、むっとして言った。「スタンガスンの死とどんな関係があるんですか？」

「まあまあ、あせらずに。もうすぐ、大いに関係あることがわかりますよ。飲みやすいように、ミルクを加え、犬に与えると、すぐに舐《な》めてしまいますよ」

こう言うと、ホームズはワイングラスの中身を皿にうつし、テリヤの前に置いた。犬はあっという間に全部舐めてしまった。ホームズがあまりに熱心なので、わたしたちも彼を信じる気になって、じっと黙ったまま、犬を見ていた。何かすごい効果が現われるのではないかと期待していたのだが、何も起こらなかった。犬は相変わらずクッションの上に横たわって、苦しそうな息をしていたが、薬を飲んだために、良くも悪くもなっていなかった。

ホームズが時計を取り出し、眺める。一分、また一分と過ぎても、何の変化も起きない。ホームズの顔に残念そうな表情が浮かんだ。唇を噛《か》み、指でテーブルを叩いている。いらいらしているときの症状だ。こんな彼を見て、わたしは気の毒に思ったが、二人の警部は、馬鹿にしたように、笑っていた。ホームズの立ち往生を喜んでいるのだ。

「偶然のはずはないのだ」ホームズはついに立ち上がり、部屋の中をぐるぐる歩きだした。「偶然など、絶対にありえない。ドレッバー事件の死に関係あると推理した、その薬が、スタンガスンが殺された場所で見つかったのだ。それなのに、この薬は作用しないとは、どういうことなのだ？　わたしの推理の筋道が間違っているというの

Geo. Hutchinson

か？　そんなはずはない！　それなのに、この老犬の容体《ようだい》は悪くもならない。ああ、わかった、わかったぞ！」

すごい叫び声をあげて、小箱のところへ駆け寄り、別の薬を二つに割り、水に溶かし、ミルクを加えたものを、テリヤの前に置いた。このあわれな生き物は、ミルクを舐めるか舐めないうちに、全身を痙攣《けいれん》させ、雷に打たれたかのように、四肢《しし》を硬直させて、息絶えた。

ホームズは深く息を吸うと、額の汗をぬぐった。「もっと自信を持たなくてはいけない。ずっと続けてきた一連の推理に事実が合わなければ、それは必ず他の解釈が可能だということを知るべきなのだ。あの箱の中の二つの丸薬のうち、一つが猛毒《もうどく》で、もう一つはまったく無害なのだ。箱を見る前に、わかっているべきだった」

このホームズの最後の言葉は、あまりに思いがけないもので、正気で言っているとは信じがたかった。しかし、ここに犬の死骸《しがい》が横たわり、ホームズの推理の正しさを、証明していた。わたしは目の前の霧《きり》が晴れて、真実がぼんやりとだが見えてきたような気がした。

「君たちには、すべてが不思議に見えるでしょう」ホームズが続けた。「それは、君たちが捜査の初めに、目の前にあった、ひとつの確実な手がかりの重要性をつかみそこねたからなのです。わたしは、幸いにも、その手がかりを見落とさず、その後起こったことで、自分の推理が正しかったことを確信した。論理的帰結です。君たちを悩ませ、事件を不明瞭《ふめいりよう》にした事柄も、わたしにはヒントとなり、結論に自信を持たせてくれた。一風変わっているということと、不可解なことを、混同させてはいけません。推理のもとになるような、新しい特別な特徴がない、もっともありふれた犯罪こそ、もっとも不可解なものになるのです。この事件も、もし異常な状況や人騒《ひとさわ》がせな付属物がなくて、体が路上で発見されただけだったら、解決は困難だったでしょう。しかし、血文字を残したりして、事件を風変わりなものにしたため、事件の解決を難しいものではなく、簡単なものにしたのです」

グレグスンはホームズの演説を我慢して聞いていたが、もうこらえきれなくなって、言った。「ホームズさん、あなたは頭が良いし、ご自分流の捜査方法もお持ちだ。だが、いま必要なのは、単なる理論や説教ではありません。どうやって犯人を捕まえるかが、問題なのです。私は自分の推理を説明しましたが、間違っていたようです。シャルパンティエ青年が、第二の事件に関係ないのは明らかですからね。レストレイドはスタンガスンを追いかけたが、これも間違っていた。あなたは、ヒントをあちらこちらにばらまくだけです。われわれの知らないことをご存じのようだが、どれだけわかっていらっしゃるのか、おっしゃって下さい。犯人は誰なのですか?」

「わたしもグレグスンと同じ考えです」レストレイドも言った。「われわれ二人とも努力したが、失敗した。わたしがここへ来てから、一度ならず、あなたは必要な証拠は全部集まったとおっしゃいましたよ。洗いざらい、話して下さい」

「犯人逮捕が遅れると、また新たな犯罪を犯すかもしれないからね」わたしは、言った。

こうまでみんなから責められても、ホームズはまだためらっていた。ホームズが考えにふけっているときの癖《くせ》で、首をうなだれ、眉をよせて、部屋の中を歩きまわっていた。

「もう、これ以上殺人事件が起こることはないでしょう」ホームズは急に足を止め、わたしたちを振り返ると、ようやく口を開いた。「それは心配しなくていい。犯人の名前を知っているかとお尋ねだが、ぼくは知っている。だが、名前を知っていることは、犯人を捕まえる苦労に比べたら、小さなことだ。犯人逮捕はまもなくです。わたしが手はずを整えました。しかし、事は慎重に運ばないといけない。われわれの相手は、すばしっこくて、命知らずの男です。おまけに、彼と同じくらい頭の良い男が味方についていることがわかっている。もし犯人が誰にも尻尾《しっぽ》をつかまれていないと思っているうちなら、彼を捕まえるチャンスはあるでしょう。しかし、彼が少しでも、疑いを持ったなら、名前を変えて、すぐさま、この四百万人の大都会にまぎれこんで、姿を消してしまうでしょう。お二人の気持ちを傷つけたくないが、この男たちは、警察の手に負えるような連中ではないのです。だから、わたしもあなた方の援助を求めなかったのです。もし、失敗したなら、その点の責任はすべてわたしがとります。その準備はできています。今は、わたしの作戦を損なうことなく、あなたがたにお話しできるようになったら、その時はすぐにお話しするとだけ、約束しておきましょう」

ホームズがこう請けあってくれても、グレグスンにもレストレイドにも不満だった。警察の能力をこきおろすような言い方をされては、なおさらだ。前者は、亜麻色《あまいろ》の髪を根元まで赤くし、後者は、好奇心と怒りで、その丸い目をぎらぎらさせていた。二人が何か言いかけた時、ドアにノックの音がし、ベイカー街支隊の隊長のウィギンズ少年が汚い姿を現わした。

「ホームズさん、馬車を下に呼んできましたよ」前髪をひっぱりながら、ウィギンズが言った。

「ご苦労だったね」ホームズは穏やかに答えた。「スコットランド・ヤードでは、どうしてこの型のものを採用しないのかな?」ひきだしから、鋼鉄《こうてつ》の手錠《てじょう》を取り出しながら、言った。「このバネはよくききますよ。あっという間にしまります」

「古い型ので充分ですよ」レストレイドが言った。「手錠を掛ける相手が見つかるかどうかが、問題だ」

「なるほど、なるほど」ホームズは笑いながら言った。「駁者《ぎょしゃ》に荷造りを手伝ってもらおう。ウィギンズ、ちょっと呼んできてくれないか」

ホームズの口ぶりだと、旅行に出かけるところのようだったが、わたしは何も聞いていなかったので、びっくりした。部屋には小さな旅行カバンが置いてあった。ホームズがこれを引き出し、ベルトをかけようとしていたとき、駆者が現われた。

「ああ、君、ちょっとこの金具をとめるのを手伝ってくれないかな」膝《ひざ》でカバンを押さえながら、ホームズは、ふりむきもせずに声をかけた。

駆者は、むっつりと、いやいやながらといった態度で近寄ると、両手を出した。すると、その瞬間に、カチッという音と金属がガチャガチャいう音がして、ホームズが、さっと立ち上がった。

「みなさん」ホームズが目をギラギラさせながら叫んだ。「ご紹介いたします。イノック・ドレッバーとジョウゼフ・スタンガスン殺害犯人、ジェファスン・ホープさんです」

すべてが、あっという間の出来事だった。何だかよくわからないくらい、素早《すばや》かった。ホームズの勝ち誇った表情と、声の響き、駆者のあっけにとられた、残念そうな顔ははっきりと覚えている。まるで手品で手首にかけられたような、きらきら光る手錠を睨《にら》みつけていた。一瞬、誰もが動かなかった。そして、怒りのうなり声をあげると、駆者はホームズの手をふりはらい、窓に突進した。窓枠とガラスが飛び散ったが、

G.P.Hutchinson, fecit.

馭者がそこから逃げ出さないうちに、グレグスン、レストレイド、それにホームズの三人が彼に飛びかかった。まるで、スタッグハウンド犬のようだった。馭者は部屋の中に引きずり戻され、すさまじい取っ組み合いが始まった。彼は力があって、狂暴だったので、四人とも、何度もふりはらわれた。てんかん発作を起こしたような力だ。窓を抜けようとして、顔も手も傷だらけで、血が流れていた。それでも、彼の抵抗はおさまらなかった。レストレイドが首に手をまわし、のどを締《し》めつけたので、ようやく抵抗しても無駄だとわかったようだ。それでも安心できなくて、両足も縛《しば》りあげた。こうして、立ち上がったときは、みんな息がきれて、はあはあ言っていた。

「さて、下には彼の馬車がある」ホームズは言った。「それに乗せて、スコットランド・ヤードまで彼を連行しよう。そして、みなさん」ホームズは明るく笑いながら続けた。「われわれの事件もこれで終わりです。ご質問があったら、何なりとどうぞ。何でもお答えいたします」

第二部
聖者たちの国

第1章　アルカリ土壌の大平原にて

広大な北アメリカ大陸の中央には、人を拒む不毛の砂漠《さばく》が広がる。これが長い間文明の進出をはばむ厚い壁になっていた。シエラ・ネヴァダ山脈からネブラスカ、そして北はイエロー・ストーン川から南はコロラド川までの地域、ここは沈黙が支配している荒野である。だが、この厳しい土地にも自然はさまざまな表情を刻んでいた。雪をいただく高い峰々もあれば、暗く深い谷もある。荒々しく削《けず》られた峡谷《きょうこく》を矢のように流れる

急流があるかと思えば、広大な平原もある。平原は冬には一面の銀世界となり、夏には塩分を含んだ灰色のアルカリ質の砂ぼこりをまき上げる。しかし、どの風景も一様に寒々として、厳しく人を拒絶している。

荒涼《こうりょう》たるこの地には、住む人さえいない。ポニー族やブラックフート族の一団が、別の狩猟場へと移動する途中にここを横切ることはあるが、部族一の勇猛果敢《ゆうもうかかん》な強者《つわもの》さえ、この恐ろしい平原が視界から消えて、自分たちの住む大草原に戻ったことを知ると、ほっと安堵《あんど》に胸をなでおろすのだった。低い木立ちにはコヨーテが身をひそめ、空ではハゲタカがゆっくりと羽ばたき、暗い峡谷では不格好なハイイログマが地ひびきをたててうろつきまわっては、岩の間に獲物をあさっている。動物だけがこの荒野の住人だった。

この世広しといえども、シエラ・ブランコの北側の尾根から見た景色ほど恐ろしい光景はないだろう。目の前に広がる果てしない平原にはアルカリ質の土壌《どじょう》がまだらに顔をのぞかせ、ところどころに小さな灌木《かんぼく》の茂みが点在している。はるか水平線の彼方には、ごつごつした頂上にところどころ雪をいただいた山脈が連なっている。この広大な大地には生き物の気配さえない。生き物の存在をうかがわせるものが何もないのだ。青みを帯びた鉛色《なまりいろ》の空には鳥の影一つなく、くすんだ灰色の地にはうごめくものさえ見えない。あるのは絶対の沈黙だけだった。耳を澄《す》ましても、荒野からは物音一つ聞こえてこない。ただ、何もかもが不気味に静まり返っているだけだった。

この果てしない荒野には命のかけらさえ見えないと言ったが、それは厳密にいうと事実に反するかもしれない。シエラ・ブランコの山から下を見おろすと、砂漠を横切って延びる一本の道が見える。道はうねうねと続き、やがて遠い彼方へと消えていく。道にはわだちの跡が刻まれ、数多くの冒険者たちに踏み固められた道なのだ。あちこちに何か白いものが散らばり、太陽の日射しを受けて輝《かがや》くその物体は、どんよりと濁《にご》ったアルカリ土壌を背にいっそう白く浮かび上がって見える。近寄って見ると、それは、なんと骨ではないか！　ごつごつと大きなものもあれば、もっと小さく今にも壊れそうなものもある。大きいのは牛で、小さいのは人間のなれの果てなのだ。路傍に倒れていった人々の遺骨が散らばっている、この恐るべきキャラバン・ルートは、延々と千五百マイル（二四〇〇キロ）も続いているのだ。

一八四七年五月四日のこと、まさにこの光景を見おろしている一人の旅人がいた。その姿は、この地の精霊《せいれい》か魔神《まじん》を思わせる。年の頃も四十なのか六十なのかわからない。顔はやせ衰《おとろ》え、突き出た骨にしわだらけの茶色い肌が張りついている。長い髪とあご髭《ひげ》は一面に白髪が混じり、落ちくぼんだ目は異様な輝きを放っていた、小銃を持つ手は痩《や》せて骸骨《がいこつ》を思わせる。男は銃を支えに立っていたが、背の高さと骨格の大きさからして、痩せ型だが頑強《がんきょう》な体質の持ち主であることがうかがえる。しかし、そのやつれた顔と、骨と皮にやせ衰えた四肢《しし》に垂れ下がる衣服が、男をこの老いさらばえた老人のような姿に変えた、ただならぬ事情を物語っていた。男は今、飢えと渇《かわ》きで死にかけているのだ。

男は、水のありかを探して、息も絶えだえに懸命に谷を下り、この小さな高台まで登ってきたのだが、その望みはかなえられそうになかった。目の前に広がるのは、広大な塩の大地と遠くに連なる荒涼たる山々ばかりだった。水のありかを暗示する草木の姿など、どこにも見えない。眼前に広がる広大な風景には一筋の希望も見いだせなかった。北を、東を、そして西を、食い入るような鋭い眼差しで見回して、男は放浪ももはやここまでだと観念した。この不毛な岩だらけの地で、一生を終えることになるのだ。「ここで死んでも、二十年後にベッドの上で死んでも、同じことさ」と、つぶやきながら丸石の陰に座りかけた。

腰をおろす前に、男はもはや無用となった銃を地面に置き、灰色のショールに包んだ大きな荷物もおろした。右肩に掛けていた荷物は今の彼には相当に重いらしく、下ろすとき地面に少し放りおろすような格好になった。すると、灰色の包みの中から小さな叫び声が聞こえ、続いて茶色に輝く目をした小さな顔がおびえたようにのぞき、かわいいくぼみの見えるそばかすだらけの小さなこぶしが現われた。

「痛いわよ!」怒ったような子どもの声が聞こえた。

「痛かったかい。そっと下ろすつもりだったんだがね」男は申し訳なさそうにこう言いながら灰色のショールをほどくと、中から五歳ぐらいのかわいらしい女の子が姿を現わした。上品な靴と、小さな麻のエプロンが付いた形の良いピンクの服に、母親の心配りが表われている。血色は悪いが、健康そうな手足を見ると、男ほど疲れてはいないようだった。

「痛いのは治ったかい？」少女が後頭部をもつれた金髪の上からいつまでも撫でているのを見て、男は心配そうにたずねた。

「キスして治してちょうだい」少女は真顔で痛いところを突き出して見せた。「お母さんはね、いつもそうしてくれたわ。お母さんはどこにいるの？」

「お母さんはお出かけさ。でも、もうすぐに会えるよ」

「お出かけしてるの？　でも、おかしいわ。行ってきますって言わなかったわよ。おばさんの家にお茶を飲みに行くときだって行ってきますって言うのに。それに、もう三日も帰ってこないのよ。ねえ、のどがからからなの。お水も食べる物もないの？」

「何もないんだよ。いい子だから、もう少し我慢しなさい。そうすりゃ良くなるよ。ここにこうやって私の方に頭をもたせかければずっと楽になる。おまえの唇がこんなに乾いている時にこんな話をするのはつらいんだが、本当のことを話しておくほうがいいだろう。おや、何を持ってるのだね？」

「きれいなもの！　素敵なものよ！」少女は得意げな声をあげ、きらきら輝いている雲母《うんも》のかけらを二つさし出した。「お家に帰ったら、これ、ボブにあげるの」

「もうすぐ、もっといいものを見られるよ」男は確信に満ちた声で言った。「もうちょっとの辛抱だ。でも、話しておかなくてはね。川のところを出発したときのこと覚えてるかい？」

「ええ」

「あのときはね、すぐに別の川に出ると思ったのさ。だけど、磁石《じしやく》が狂っていたのか、地図が間違っていたのか、何が悪かったのか、どこまで行っても川は見つからなくて、水もなくなってしまった。おまえみたいな子どもが飲む分がほんの数滴残ってるだけで、それに、それに……」

「だから、おじさんは顔が洗えないのね」少女は男の言葉を遮《さえぎ》るようにそう言うと、真顔で男の汚れた顔を見上げた。

「そうさ、飲む水もないんだからね。最初にベンダーさんが死んで、次にインディアンのピート。そして、マクレゴーの奥さんだ。それから、ジョニー・ホーンズ、そしておまえのお母さんもだ」

「それじゃ、お母さんも死んじゃったの」少女はエプロンに顔を埋めて、はげしくしゃくり上げた。

「そうさ、みんな死んじゃって、生き残ったのはおじさんとおまえだけになってしまったんだよ。こっちの方に来れば水があるんじゃないかと思って、おまえを背負って一緒に探し回ったけれど、うまくいかなかったようだ。もう神様におすがりするしかないんだ」

「じゃ、わたしたちも死ぬの？」少女は急に泣きやんで、涙で汚れた顔を上げた。

「まあ、そういうことになるだろう」

「じゃ、なぜもっと早くそう言ってくれなかったの？」少女はおかしそうに笑い声を上げた。「びっくりしちゃった。でも、そうね、死ねばお母さんに会えるわね」

「そうだね」

「おじさんもよ。おじさんがどんなによくしてくれたか、お母さんにお話しするわ。お母さん、きっと、天国の入口で待っててくれてるわ。大きな水差しとパンケーキを持って。わたしとボブが大好きな、あつあつで両面こんがりと焼いたのをね。あとどのくらいで会えるの？」

「よくわからないが――そう長くはないだろう」男の目は北の水平線を見つめて動かなかった。頭上を覆《おお》う青い空に小さな点が三つばかり現われ、刻々と大きさを増し、どんどん近づいてくる。そして、あっという間に、大きな三羽の茶色い鳥へと姿を変えた。鳥たちはよるべない二人の頭上に円を描き、二人を見下ろす岩の上に舞い降りた。西部に住むハゲタカで、死の前触れと言われる鳥だ。

「ニワトリさん」少女はその不吉な鳥の姿を指さして、うれしそうに声を上げ、舞い上がらせようと手をたたいた。「ねえ、この国は神様がおつくりになったの？」

「もちろん、さ」男は不意を突かれて、少々たじろいだ。

「神様はイリノイの国も、ミズーリ[58]の川もおつくりになったのね」と、少女は続けた。

「この辺は誰か違う人がつくったのよ。だってじょうずにできてないもの。お水や木をつくるの忘れているわ」

「お祈りをしようか？」男は遠慮がちに言った。

「まだ夜じゃないわよ」少女は答えた。

「いいんだ、まだ夜じゃないが、神様はきっと許してくださるよ。平原を渡ってきたとき、馬車の中で毎晩お祈りをしてたじゃないか」

「おじさんはどうしてお祈りしないの？」少女は不思議そうな目をして聞いた。

「覚えてやしないさ」と、男は答えた。「うんと小さいとき、お祈りしたきりだからね。だけど、手遅れってことはないだろう。おまえがお祈りしてくれたら、そばでよく聞いていて一緒にお祈りするよ」

「じゃ、ひざまずいて」少女はそう言って、膝《ひざ》の下の地面にショールを広げた「こうやって手を組んで。こうすると、なんだか気持ちがいいでしょ」

この奇妙な光景を見ていたのは、ハゲタカだけだった。小さなショールの上に二人の放浪者が体を寄せ合ってひざまずいている。一人は片言混じりの小さな子ども、もう一人は恐れを知らぬ屈強《くっきょう》の冒険者なのだ。丸々とした少女の顔と男の瘦せて尖《とが》った顔が雲一つない空を仰ぎ、畏《おそ》れ多き絶対者と向き合って、心からの祈りを捧《ささ》げる。細く澄んだ声と、太いだみ声が一つになって、慈悲《じひ》と許しを請《こ》う祈りを唱えた。祈り終えると、二人は丸石の陰に戻り、少女は男の広い胸に守られるように身を寄せ、眠りについた。男はしばらくすやすやと寝入る少女を見守っていたが、自然の力には勝てなかった。三日三晩、休むことも身を横たえることもなかったのだ。まぶたが

疲れきった眼を覆い、頭は少しずつ前に垂れ、灰色のあご髭が少女のふさふさした金髪と混じり合い、二人は一緒に深い眠りへと落ちていった。

男があと三十分起きていたら、不思議な光景を目にしたことだろう。遠く砂漠の果てにかすかな砂ぼこりが舞い立った。最初、遠目からは霧かと思うほどわずかだったのが、しだいに高く大きく広がり、一塊の雲のようにはっきりと見えるようになった。雲はどんどんと大きさを増し、動物の大群が動いて巻き上げる砂煙に違いないことがわかった。ここがもっと肥沃《ひよく》な土地なら、草原で草を食《は》むバイソンの群れが近づいて来たと思うだろう。しかし、この砂漠でそんなことはありえない。砂ぼこりの渦巻きがよるべない二人が寂しく眠る崖《がけ》の下に近づくと、その中に、馬車を覆うキャンバス地の幌《ほろ》と、馬に乗り銃を持った男の姿が見え始め、ついには西部を目指して旅をする大幌馬車隊がその姿を現わした。だが、何という大きさだろう？　先頭が山の麓《ふもと》に届いたというのに、最後尾はまだ地平線の向こうなのだ。平原には、幌馬車や荷馬車、馬に乗る者や歩く者の姿が長い列をなして続いている。重い荷物を背負ってよろめきながら歩く女たちもいれば、馬車の脇をよちよち歩く子どもや、白い幌の下から外をうかがう子どももいる。明らかに、普通の移住民とは違い、何らかの事情から、自分たちの新天地を求める旅を余儀なくされた流浪の民のようだった。おびただしい人の群れから聞こえる雑然とした騒音が、車輪のきしみや馬のいななきと混じり合って、あたりの澄んだ空気を轟《とどろ》かす。その音がどれほど大きくても、崖の上で疲れ果てて寝入る二人の旅人の目を覚ますことはなかった。

隊列の先頭には、手織りの地味な服をまとい銃を手にした、いかめしい顔つきの男たちが、二十人ほど馬に乗っていた。男たちは崖の下で馬を止め、集まって何やら相談を始めた。

「兄弟たちよ。右に行けば泉があるぞ」髭のない白髪混じりの男が厳しい表情で言った。

「シエラ・ブランコの山を右に行けば、リオ・グランデ川に着くぞ」もう一人の男が言った。

「水のことは心配するな」また別の男が叫んだ。「岩の間からさえも水を湧《わ》かせられた神様が、選ばれたる民をお見捨てになるはずがない」

「アーメン！　アーメン！」隊列の全員が声を一つに唱和した。

隊列がもう一度進みだそうとした時、一人の鋭い目つきの若者が突然叫び声を上げ、頭上の切り立った岩を指さした。岩の上からピンク色の小さな布切れが垂れ、灰色の岩肌を背にくっきりと浮かび上がってはためいている。男たちはたづなを引いて馬を止め、肩から銃をはずした。後ろから馬に乗った男たちが走り寄って、先頭の男たちに加わった。「インディアン」という言葉が皆の口からもれた。

「このあたりにはインディアンはいないはずだ」と、指導者らしい年輩の男が言った。

「ポニー族の領地はとっくに過ぎているし、大山脈を越えるまでインディアンはいない」

「先に行って確かめてきましょうか、スタンガスンさん」と、隊員の一人が言うと、

「私も」「私も」と、十人ほどの声が続いた。

「ここに馬を残して行け。われわれはここで待っておる」と、長老が答えた。若者たちはすぐに馬を降りて繋《つな》ぎ、興味をかきたてる布切れを目指して切り立った岩壁をよじ登っていった。音も立てずに素早く登っていく様子から、訓練された斥候《せっこう》の自信と技が窺《うかが》える。下から見上げる人々には岩から岩へと飛び移る男たちが見えたが、やがてその姿は空を背に浮き上がった。先頭を行くのは、最初に驚きの声を発した若者だった。続く男たちは、彼が突然はっと手を上げるのを見て、その方向へと加わった。そして、その場の光景に同じような驚きを感じたのだった。

岩山の頂きは狭い平地になっていて、そこには大きな丸石が一つあった。その丸石の陰に、髭ぼうぼうでいかつい顔の瘦《や》せた男が横たわっている。男は極端にやせ細っていた。穏やかな表情と規則正しい寝息から、ぐっすりと眠り込んでいるらしい。男のそばには小さな子どもがいて、丸まるとした色白の腕を男の日に焼けて筋ばった首に回し、金髪の頭をビロードの上着の胸に乗せて寝ていた。開き加減のバラ色の唇か

らは、きれいに並んだ白い歯がのぞき、子どもらしい顔には茶目っけたっぷりの笑顔が浮かんでいた。白いソックスとキラキラ光る金具の付いたきれいな靴をはいた色白のぽっちゃりとした少女の足は、傍《かたわ》らの男の萎《しな》びた長い手足と奇妙な対照を見せていた。この奇妙な二人連れを見下ろす岩だなの上には、ハゲタカが三羽、ものものしい様子でとまっていたが、侵入者の姿を見ると、さもがっかりしたというようなしゃがれ声でけたたましく鳴き、ふてくされたように羽ばたいて飛び去って行った。

この気味の悪い鳥の鳴き声で二人は目を覚まし、当惑したように周囲を見回した。男はよろよろと立ち上がると下の平原を見下ろした。眠気におそわれた時、そこには人っこ一人いなかったはずなのに、いまや大勢の人間や馬が動き回っている。この光景に釘付《くぎづ》けとなった男の表情には、信じられないという思いがありありと浮かんでいた。男は骨ばった手で目をこすり、「これがあの幻覚というやつか」とつぶやいた。子どもは男のコートのすそをつかんで立ったまま、何も言わずに、子どもらしい好奇心と驚きに満ちたまなざしで周りを見回していた。

崖を登ってきた男たちを見て、二人はすぐに目の前の光景が幻覚でないことに気づいた。一人が少女を抱き上げ、ほかの二人が弱っている男の両脇を支えて、馬車の方へと連れて行った。

「わたしは、ジョン・フェリアです」と、放浪者は口を開いた。「二十一人いた仲間のうち、わたしとこの子だけが生き残り、あとの者は、この南の方で飢えと渇きのため死んでしまいました」

「この子はあなたの娘さんですか？」と、誰かがたずねると、男は気色ばんで、

「いいや、しかし、今は娘も同然です」と、答えた。「わたしが助けたのだから。今日からあの子はルーシー・フェリアだ。ところであなた方は、どなたかな？」自分を助けてくれた、日に焼けてがっしりした若者を物珍しげに見ながら、こう続けた。

「ずいぶんと、大勢いなさるが」

「二万人近くいますよ」と、若者の一人が言った。「われわれは、迫害《はくがい》された神の子――天使メロナ(59)によって選ばれたる民なのです」

「そんな天使の名は聞いたことがないが、それにしても、ずいぶんと大勢の人が選ばれたものだ」と、男は言った。

「聖なる天使様について、そんなふうに軽々しく話してはいけない」と、別の一人がぴしゃりとはねつけた。

「われわれは、黄金の板にエジプト文字で記された聖典を信じている者の集まりなのです。その聖典は、パルマイラで聖ジョウゼフ・スミス様に授《さず》けられたものです。わたしたちは、イリノイ州のノーブーから来たのです。そこに神殿を建てたのですが、神を信じない野蛮《やばん》な人々から追われて、安住の地を求めているのです。それがたとえ

砂漠のど真ん中であろうとね」ノーブーという地名を聞いて、ジョン・フェリアには思い当たることがあった。「あ、そうか、あなたがたはモルモン教徒さんですね」と、彼はたずねた。

「そう、われわれはモルモン教徒です」一斉に答える声がした。

「これからどこへ行かれるのかな」

「わかりません。神の御手が、預言者を通じてお導きになるのです。あなたも預言者の前に行かなくてはなりません。あなたをどうされるかは、神からのお告げがあるでしょう」

この頃には、二人はもう崖の下に着いて、大勢のモルモン教徒たちに囲まれていた。青白い顔をした穏和な面ざしの女たち、笑っている丈夫そうな子どもたち、そして真剣な眼差しに不安を隠せない男たちもいる。見知らぬ二人の、一方の幼さと、もう一方のやつれきった姿を見て、あちこちから驚きと同情の声が上がった。しかし、二人を囲む男たちは立ち止まらずに、先へと進み、その後ろには群れをなしたモルモン教徒が付き従った。隊列は最後に、ひときわ大きく、見た目もあか抜けて豪華な幌馬車の前で止まった。他の馬車は二頭か、よくても四頭立てなのに、その馬車には六頭の馬が繋がれていた。馭者の横には、年の頃は三十を超えてはいないと思われる人物が座っていたが、がっしりとした頭部と毅然《きぜん》とした表情から、指導者であることがわかった。彼は茶色い表紙の本を読んでいたが、群衆が近づくとその本を脇に置き、注意深く二人についての説明に耳を傾けていた。

「あなたがたがわれわれの宗教を信じるのなら、仲間に加えよう。ただし、われわれの中には狼《おおかみ》を置くわけにはいかない。あなたがたが、やがて果物全体を腐らせるわずかな傷だとわかれば、この荒野にその白骨をさらすことになる。この条件を守って、われわれの仲間になられるか?」

「どのような条件でも、お伴します」フェリアが懇願するように言うと、長老たちは思わずほほえんだ。しかし、指導者だけは厳しく重々しい表情を崩さなかった。

「では、兄弟スタンガスン、この男を連れて行け」と、彼は指示した。「食べ物と水を与えるがよい。子どもにも。そしてわれわれの教義を教えてやるがいい。さあ、先を急がねば。進め！　神の国を目指して出発だ！」

「そうだ、神の国へ！　神の国へ！」と、モルモン教徒たちは叫び声をあげた。この叫びは、さざ波のように口から口へと隊列に伝わり、遠くの彼方で鈍いつぶやきとなって消えていった。鞭《むち》の音と、車輪のきしむ音がして、大きな馬車が動き出し、やがて幌馬車隊全体がまた元のようにうねうねと進み始めた。二人の放浪者を世話することになった長老は、二人を自分の馬車に乗せたが、そこにはすでに食事が用意されていた。

「ここにいるがよい」と、彼は言った。「二、三日もすれば元気になろう。だが、これだけは忘れてもらっては困る。これから先は、永遠にモルモン教の信者であるということをな。ブリガム・ヤング様がおっしゃったようにだ。ヤング様のお言葉はジョウゼフ・スミス様のお言葉で、それはまぎれもなく、神のお言葉なのだから」

第2章　ユタに咲く花

ここで、モルモン教徒たちが安住の地にたどり着くまでに堪え忍んだ苦難の数々をことごとく書き記すのはやめることにする。ミシシッピ川の岸辺から、ロッキー山脈の西の斜面まで、彼らは歴史上まれにみる不屈の意志で苦難の旅を続けてきた。原住民、野獣、飢《う》え、渇《かわ》き、疲労、そして病気といった、この世のありとあらゆる苦難を、アングロサクソン民族特有の粘り強さで乗り越えてきたのだった。しかし、長旅とうち続く恐怖は、彼らの中で最も勇敢な男の心をも弱めるものだった。眼下に、日の光を浴びて広がるユタ地方の広く大きな谷を眺め、長老の口から、ここここそが約束の地であり、この処女地は永遠にわれらのものとなるという言葉を聞いたとき、誰もがひざまずいて心からの祈りを捧げた。

ブリガム・ヤングが決断力に優れた教主であり、また、並外れた統率力の持ち主でもあることは、すぐに明らかとなった。町の地図が作られ、区画図もできて、将来的な都市設計が打ち出された。町を囲むように区分けされた農地は、それぞれの身分に応じて割り当てられた。商人も職人も、それぞれの仕事に励んだ。町では、通りや広場が、魔法にでもかかったように、次々とできあがっていった。農地では、干拓《かんたく》作業や生け垣づくり、種蒔《たねま》きや開墾《かいこん》が進められ、次の夏には、どの農地でも小麦が豊作となった。この新しい開拓地では、何もかもがうまくいった。なかでも、町の中心に建築中の大寺院は、日ごとに高く、立派になっていく。移住者たちが、幾多の困難を越えて自分たちを導いて下さった神への捧げものとして建てた記念碑《きねんひ》からも、夜明けから夕暮れまで、ハンマーや鋸《のこぎり》の音が絶えることなく響いた。

二人の放浪者、ジョン・フェリアと、彼と運命を共にしてその養女となった少女は、モルモン教徒に従って、長旅の末、ようやくこの約束の地にたどり着いた。幼いルーシー・フェリアは、スタンガスン長老の馬車に乗り、彼の三人の妻や十二歳になるおませなわがまま息子と共に、快適な旅を続けた。子ども特有の快活さで、母親の死のショックからも立ち直ったルーシーは、すぐに女たちの人気者となり、初めての幌馬《ほろば》車《しゃ》での移動生活にも順応していった。一方、フェリアは体力も快復して、有能な案内人として、また、疲れを知らぬ猟師として、頭角を現わすようになった。そして、瞬く間に仲間の尊敬を集め、放浪の果てにユタの地に着いたときには、誰からも認められて、指導者ヤングと、四大長老であるスタンガスン、ケンボール、ジョンストン、ドレッバーを除いた他の者と同じ広さの肥《こ》えた土地を分け与えられることになった。

ジョン・フェリアは、こうして手に入れた土地に自分で頑丈な丸太小屋を建て、年々この小屋を建て増して、大きな家にした。彼は現実的な知恵の持ち主で、交渉《こうしょう》も上手だし、手先も器用だった。体も丈夫だったので、朝から晩まで土地の改良や耕作に明け暮れた。そのため、農場を含めて、彼の手になるものは何もかもきわめてうまくいった。三年も経つと、近所の誰より暮らし向きも良くなり、六年で裕福な人に数えられ、九年もすると、金持ちと言われるようになった。そして、十二年後には、ソルトレーク・シティ広しといえども、彼と並ぶ金持ちは六人と言われるまでになった。ジョン・フェリアという名は、内陸の

大塩湖《グレイト・ソルトレーク》から、遠くはワサッチ山脈まで、広く知れ渡っていた。

ただ、たった一つだけ、仲間のモルモン教徒の感情を害することがあった。どんなに議論し、説得を重ねても、モルモン教徒の掟《おきて》に従って何人もの女性と結婚するということをしなかったのだ。理由は言わなかったが、この決心を断固として変えようとはしなかった。信仰心が薄いと非難する人もいれば、金の亡者で、結婚して出費が増えるのが嫌なのだ、という人もいた。また、昔の恋のことを持ち出して、大西洋岸の土地で恋い焦《こ》がれた金髪の乙女が忘れられないのだ、などと言う者もいた。

理由はともあれ、フェリアはかたくなに独身を通した。この点を除けば、彼は、この地に根を下ろして日も浅いモルモン教の教えに忠実で、信心深く、正直な男だという評判を得ていた。

ルーシー・フェリアは、彼が建てた丸太小屋で育ち、養父の仕事を何でも手伝った。山の澄《す》んだ空気と、松の香りが幼いルーシーの母代わりだった。年が経つにつれ、ルーシーは背の高い、丈夫な娘に育った。頰はバラ色に染まり、身のこなしもしなやかになった。フェリアの農場の脇には街道が通っているのだが、そこを行く大勢の旅人が、小麦畑をそよ風のように抜けていく娘の姿を目にしたり、いかにも西部の娘らしく、父親の野生馬をやすやすと乗りこなす彼女に出会って、長い間忘れかけていた思いを蘇《よみがえ》らせるのだった。つぼみはいつしか花を咲かせ、誰よりも裕福な農場主を父親に持つルーシーは、いつのまにか西部きっての美しい娘となっていった。

しかし、ルーシーが大人の女性に成長したことに最初に気づいたのは、父親ではなかった。父が気づくことは、めったにない。子どもから娘への微妙な変化は、ほんのわずかずつ徐々に現われるので、毎日目にしていたのではなかなか気づかぬものだ。娘自身でさえ、声をかけられたり手が触れたりしたりして、胸のときめきを感じたとき、初めて、誇りと恐れの入り交じった気持ちで、自分の中に何か新しく大きな自然が目覚めつつあることに気づくのだ。それに気づいた日のこと、そして新たな人生の夜明けを告げる些細《ささい》な出来事を、誰しも覚えているだろう。ルーシー・フェリアの場合、それはちょっとした事件だった。そして、これがのちのち、彼女の運命だけでなく、他の多くの人の運命にも影響を与えることになる。

それは六月のある暖かい朝のことだった。モルモン教徒たちは蜂《はち》の巣を自分たちの紋章《もんしょう》にしているが、彼らはまさしくその蜂のように忙しく立ち働いていた。畑にも通りにも、人々が忙しく動き回る蜂の羽音のような音で満ちていた。ラバに重い荷物を積んだ一行の長い列が、土ぼこりの立ちこめた街道を西へ西へと進んでいた。カリフォルニア地方でゴールド・ラッシュが始まり、そこへの陸路がこの「選ばれたる民の町」を通っていたのだ。町を遠く離れた牧草地から来る羊や雄牛の群れも、長旅に疲れ果てた男や馬からなる移住者の列も、この街道を通る。この雑踏《ざっとう》をかき分けるよう手《た》綱《づな》さばきも鮮やかに馬を走らせてきた。栗色の髪をたなびかせたルーシー・フェリアが、頬をバラ色に紅潮させ、いつものように、馬を飛ばして来たのだ。彼女は父親から町での仕事をことづかって、頭の中は仕事の段取りでいっぱいだった。旅の垢に汚れた人々は驚いたように彼女を眺め、毛皮をまとって旅しているつねに無表情なインディアンでさえ、白人の少女の美しさに見とれて、思わずいつもの硬い表情を崩すのだった。

ルーシーが町はずれまで来ると、六人ほどの荒くれ男が平原から追ってきた牛の大群が道をふさいでいた。彼女はいらいらして、この障害物を抜けようと、牛と牛の間に自分の馬を進めていった。しかし、間に入り込めたかと思う間もなく、牛たちはすぐ後ろに迫り、獰猛《どうもう》な目つきをした角の長い雄牛の群れに、完全に閉じ込められてしまうのだった。牛の扱いには慣れていた彼女は、この状況に驚きもせず、行列を抜けようと、わずかなすきまを見つけては馬を駆《か》った。だがそのとき、運悪く、一頭の牛の角が、故意か偶然か、彼女が乗っていた野生馬の横腹にひどくぶつかってきた。そのため、馬は興奮して荒れ狂い、たちまち鼻息も荒く後ろ足で立って躍《おど》り跳《は》ねた。このようなったら、よほど熟練した乗り手でない限り座ってはいられない。非常に危険な状態だった。馬が興奮して跳ねれば跳ねるほど、牛の角に当たり、馬はいっそう怒り狂う。娘は鞍《くら》にしがみつくのに精いっぱいだが、もし落馬したら、おびえて右往左往す

る動物たちのひづめに踏まれて、ひとたまりもない。突然の危険な事態に、ルーシーはめまいを覚え、手綱を離しそうになった。舞い上がる土煙と、もみ合う牛や馬の体から発する蒸気で、息が詰まりそうになり、もう駄目だと思ったとき、すぐ横で「助けてやるぞ」という声がした。その瞬間、日に焼けた逞《たくま》しい腕がおびえきった馬のくつわを握り、牛の群れをかき分けて、彼女を群れの外へ救い出してくれた。

「お嬢さん、お怪我はありませんでしたか」と、助けてくれた男が丁寧に尋ねた。

ルーシーは浅黒くいかめしい顔を見上げて陽気に笑うと、無邪気に答えた。「ほんとうに怖かったわ。パンチョが牛の群れくらいであれほどおびえるなんて」

「鞍にしがみついていたから助かったのですよ」男は真顔で言った。彼は、背の高い荒々しい風貌《ふうぼう》の若者で、逞しい葦毛《あしげ》の馬に乗り、猟師が着る粗末な服に身を包み、肩から長いライフル銃を掛けていた。「ジョン・フェリアのお嬢さんでしょう？　フェリアさんの家から馬に乗って出てくるのを見ました。お帰りになったら、お父上に、セントルイス(60)のジェファスン・ホープ一家を覚えてらっしゃるか、たずねてみてください。間違いでなければ、ぼくの父とはずいぶん親しかったはずです」

「それでは、直接会って、ご自分でお聞きになったらどうかしら？」と、ルーシーはとりすまして言った。

若者はこの申し出がうれしかったらしく、黒い瞳《ひとみ》を輝《かがや》かせながら答えた。「そうしましょう。二ヶ月も山の中にいたので、とても人様の家におじゃまできる格好じゃないが、お父上には、このままの格好でごかんべんを願いましょう」

「きっと、すごく感謝すると思いますわ。もちろん、私もですわ。父は、私をとてもかわいがっております。わたしがあの牛に踏みつぶされていたら、一生悲しんだに違いありません」

「ぼくも同じ気持ちですよ」と、若者が言った。

「あなたもですって！　あなたには何にも関係のないことじゃなくて。お友達というわけでもありませんのに」

これを聞いて、若者の日焼けした顔がひどく曇《くも》ったので、ルーシー・フェリアは声をあげて笑った。

「まあ、冗談ですわ。それに、もう私たちお友達でしょ。必ず家にいらしてくださいましね。さあ、急がなくては。父の仕事を手伝わせてもらえなくなります。ごきげんよう！」

「さようなら」と言いながら、彼は大きなソンブレロをぬいで、彼女の小さな手の上に身をかがめた。彼女は、馬の向きを変えると、一鞭あて、土ぼこりを巻き上げながら街道を走り去った。

若いジェファスン・ホープは、仲間と共に、押し黙ったまま馬を進めた。彼とその仲間はネヴァダ山中で銀鉱脈《ぎんこうみゃく》らしきものを掘り当て、その採掘《さいくつ》費用を調達しようと、ソルトレーク・シティへと戻るところだった。彼は、今まで、仲間の誰にも劣らず仕事に熱心だったのだが、この思いがけない出来事のため、気もそぞろになってしまった。シエラ・ネヴァダ山脈を吹き抜ける涼風《すずかぜ》のように、健やかで自由奔放な若くて美しい乙女の姿に、若者の燃えたぎる野性の心が心底揺さぶられたのだ。彼女の姿が見えなくなったとき、彼は、人生の転機が訪れたことに気づいた。今や、銀の鉱脈のことも、その他の何もかもが、魂をすっかり虜《とりこ》にしてしまったこの新しい出来事と比べれば、取るに足りないものとなってしまった。彼の心に湧き上がるこの愛は、唐突《とうとつ》でうつろいやすい少年の恋ではなく、強い意志と自尊心を持った男の、激しく燃え立つような愛だった。彼は今まで、手がけた仕事をことごとく成功させてきた。そして、今度も、人間としての努力と忍耐で成功をかち取ることができるなら、なんとしても成功しなければならない、と心に誓《ちか》ったのだった。

その夜、若者はジョン・フェリアの家を訪れた。その後も幾度となく訪問を重ねるうちに、彼はフェリアの農場ですっかりなじみの顔となった。谷間の農場にこもりきりで、仕事に没頭してきたジョンには、ここ十二年間というもの、外の世界のことを知る機会がほとんどなかった。そこへ、このジェファスン・ホープが現われて、あれこれと話をしてくれたのだ。彼の語り口は、父親だけでなく娘のルーシーをも大いに楽しませるものだった。

彼はカリフォルニア地方で開拓に携《たずさ》わっていて、あの熱狂渦巻く豊かな時代の、一風変わった成功談やら失敗談をたくさん知っていた。それに、斥候《せっこう》、毛皮取り、銀鉱探し、牧童《ぼくどう》と、さまざまな経験も積んでいた。血沸《わ》き肉躍《おど》る冒険に出会えそうな場所には、いつもジェファスン・ホープの姿があった。老農場主は、すぐに彼のことが気に入って、その美点を誉《ほ》めあげるのだった。そんなとき、ルーシーは二人の話に黙って耳を傾けていたが、赤く染まった頬と幸せそうに輝く目から、彼女の心がもはや彼女一人のものではないことは一目瞭然《りょうぜん》だった。実直な父親はこうした娘の様子に気づかなかったかもしれないが、彼女の愛情をかち得た男がこれに気づかぬはずはなかった。

ある夏の宵《よい》、彼が馬を飛ばしてやって来

て、門の前で馬を止めた。そのとき戸口にいた彼女は、出迎えに降りてきた。彼は手綱を柵に投げかけ、庭の小道を大股に歩いてくる。

「ルーシー、ぼくは出かけることになった」ルーシーの両手を取り、顔を優しくのぞき込むようにして、彼は言った。「今すぐとは言わないが、今度ぼくが帰ってきたときには、ぼくと一緒に来てくれるかい？」

「それはいつ頃になるのかしら？」彼女は頰を染め、微笑みながらたずねた。

「遅くとも、二ヶ月先には戻る。そのときは君をもらいに来るよ。誰にもぼくたちの邪魔はさせない」

「父はなんて？」

「鉱山の仕事が順調にいくのならと、賛成してくださった。仕事のことは、大丈夫、心配はいらないよ」

「まあ、そうでしたの。あなたと父とで話が決まっているのでしたら、何も言うことはありませんわ」彼女は彼の胸に頰を寄せて、ささやいた。

「ありがとう！」彼はかすれた声でそう言うと、かがみ込んで彼女にキスをした。

「これで決まりだ。ルーシー、愛してるよ。さようなら。二ヶ月したら、また会おう」

「これ以上いると、別れがつらくなりそうだ。仲間も谷でぼくを待っている」

そう言いながら彼女から身を離すと、彼はさっと馬に飛び乗り、決然と走り去った。

後に残していく彼女の姿をひと目でも見ようものなら、堅い決意が崩れ去るとでもいわんばかりに、二度と後ろを振り返りはしなかった。彼女は門のところで、その姿が見えなくなるまでじっと見送っていた。それから、家の中へと戻っていく彼女は、ユタ一番の幸せな娘だった。

第3章　ジョン・フェリアと預言者の話し合い

ジェファスン・ホープとその仲間がソルトレーク・シティを去ってから三週間が過ぎた。若者が戻ってくれば、娘を手放さなければならない。そのことを考えると、ジョン・フェリアの心はひとり痛んだ。しかし、幸せに輝《かがや》く娘の顔を見ていると、どのような言葉で説得されるより、この縁組みを認めようという気持ちになるのだった。つねづね彼は、娘をモルモン教徒とだけは結婚させまいと深く心に決めていた。あのような多妻婚は結婚と言えるようなものではなく、恥

辱と屈辱以外の何物でもないと、思っていた。モルモン教の教義がどうであれ、この一点に関しては譲れなかった。しかし、当時の聖徒たちの国で、異端の説を述べるなど危険きわまりないことだったため、彼はこの問題については口を堅く閉ざし、何も語らなかった。

そう、たしかに危険であった。誰より信心深い者でさえ、自分の口から出た言葉が誤解を受けて即座に懲罰《ちょうばつ》が下されるのではないかと、宗教上の意見を述べる場合は、息を凝《こ》らしてひそひそとささやくのがやっとだった。迫害の犠牲者が、自分の身の安全のために、次には迫害者、それも最も残忍な迫害者となった。あのセビリアの異端《いたん》審問《しんもん》、ドイツの秘密裁判、イタリアの秘密結社さえも、ユタの国に暗い影を落としていたあの恐ろしい組織とは比ぶべくもなかった。

組織は、正体不明で秘密のヴェールに包まれていたため、なおさら人々の恐怖を煽った。全知全能の神のごとき存在で、なおかつ、誰もその姿を見たことも聞いたこともないのだった。教会にたてつく人間はいつの間にか姿を消し、誰もその人物がどこに行ったのか、その身に何が起こったのかを知らなかった。妻や子どもたちは父親の帰りを待ったが、秘密裁判で何があったのか、家に戻ってそれを語った父親は一人もいない。不用意な一言や軽率な行動が身の破滅《はめつ》につながるのだが、誰も、頭上をおおうこの恐ろしい権力の正体を知らなかった。人々が恐れおののき、たとえ荒野のただ中にいても、胸を塞《ふさ》ぐ疑問をあえて口にしなかったのは、何の不思議もないことだった。

最初、この正体不明のおそるべき力が及ぶのは、以前モルモン教に入信して、その後信仰の道からはずれたり、信仰を捨てたりしようとした反抗者に対してだけだった。しかし、やがて、この力は広く行使されることになる。当時、女性信者の数が減っていたために、一夫多妻の教えもただのむなしい教義と化していた。そんな折り、妙なうわさが広まり始めた。インディアンが襲《おそ》ってきたこともない場所で、たびたび移民が殺されたり、テントが襲撃されたりするというのだ。そして、新しい女たちが長老の後宮に姿を現わした。女たちは一様に、泣きはらした顔にいやしがたい恐怖の色を浮かべていた。山中で夜を明かした旅人が、武装した覆面《ふくめん》の一団が闇の中を忍び足で音もたてずに過ぎ去るのを見たという話もあった。この種のうわさ話がしだいに真実味を帯び、その一団を見たという話が幾つも重なるうちに、はっきりとした名前までついてしまった。今でも、西部の人里離れた牧場に行けば、「ダナイト団」とか、「復《ふく》讐《しゅう》の天使団」という名は、不吉なものとして忌《い》み嫌われている。

これほどまでに恐れられた組織の実態が明らかになるにつれ、人々の心に巣食う恐怖は消えるどころか、ますます膨《ふく》らんでいった。この残忍な組織のメンバーが誰なのか、知る人はいない。宗教の名のもとに行なわれる、この血なまぐさい暴虐《ぼうぎゃく》の数々に参加する者の名は、かたく秘密にされていた。たとえ相手が友人でも、預言者やその使命に関する疑念をついうっかり口に出そうものなら、夜、その友人が仲間と共にたいまつと剣を持って現われ、恐ろしい償《つぐな》いを迫るかもしれないのだ。そのため、誰もが隣人を恐れ、心の底にあるものを明かそうとはしなかった。

ある晴れた朝、ジョン・フェリアが小麦畑に出かけようとしていると、門の掛け金をはずす音がした。窓から外を見ると、薄茶色の髪をした太った中年の男が庭の小道をやって来る。それがまぎれもないブリガム・ヤングその人だと知って、彼は心臓が飛び出さんばかりに驚いた。このような訪問がよかろうはずのないことを知っていた彼は、恐怖におののきながらモルモン教の教主を迎えに走り出た。教主は彼の挨拶を冷ややかに受け、厳しい表情のまま彼に続いて居間に入った。

「兄弟フェリアよ」教主は椅子《いす》に掛け、薄い色のまつげの下から農場主に鋭い視線を向けた。「我らまことの信者たちは、おまえの良き隣人だった。我々は砂漠で死にかけていたおまえたちを救い、食べ物を分けてやったな。そして、この選ばれた谷までおまえたちを導いて、充分な土地を分け与え、我々の庇護《ひご》のもとで富を増やすことも許した。そうではないかな?」

「お言葉のとおりでございます」ジョン・フェリアは答えた。

「その返礼として、我々はたった一つだけ条件をつけた。すなわち、まことの信仰を持ち、何事も我々のしきたりに従うということであった。そうすると誓《ちか》ったはずだが、日頃のうわさによると、おまえはそれを怠《おこた》っているようだな」

「わたしが何を怠ったというのでございましょうか？」フェリアは抗議するように両手を広げて言った。「共同基金は出しましたし、教会にも行っております。それから」

「おまえの妻たちはどこにいる？」ヤングはあたりを見回してこう言った。「妻たちを呼びなさい。挨拶をしたい」

「確かに、わたしが結婚していないのは事実です」フェリアは答えた。「でも、女性の数は少ないですし、わたしより資格のある方々が大勢おられます。それに、わたしは一人ぼっちではありません。世話をしてくれる娘もおります」

「話というのは、その娘のことだ」と、教主は言った。「娘はユタに咲く花と言われるほどに、みごとに成長し、この地の名門の人々の目にも止まるようになった」

ジョン・フェリアは、内心穏やかでなかった。

「娘については信じたくないようなうわさがあるようだが――ある異教徒と結婚する約束をしたとかいう。もちろん根も葉もないうわさだろうが。

聖ジョウゼフ・スミス様の掟の第十三条に、なんとあるか知っているだろう。〈まことの信仰を持つ娘は、すべて、選ばれた者と結婚すべし。異教徒の妻となるは、重罪なり〉。そうであれば、聖なる教義を信じるおまえのことだから、娘に罪を犯させるようなまねはしないであろうな」

ジョン・フェリアは何も答えず、びくびくしながら乗馬用の鞭《むち》をもてあそんでいた。

「このことで、おまえの全信仰が試されることになろう。これは四大長老の神聖会議で決まったことなのだ。おまえの娘はまだ若い。我々とて、その娘を老人に嫁《とつ》がせようというわけではないし、選択の余地も与えよう。我々長老はすでに多くの雌牛を持っているが、我々の息子たちにも雌牛を与えねばならん。スタンガスンにも、ドレッバーにも、一人ずつ息子がいて、どちらもおまえの娘なら喜んで迎えると言っておる。娘に、二人のうちどちらかを選ばせるがよい。二人とも若くて富もあり、まことの信仰の持ち主だ。さあ、おまえの答を聞こうではないか」

フェリアは、しばらくの間、眉をしかめて黙り込んでいたが、やがて口を開いた。

「今少し、時間をいただくわけにはいきませんか。娘はまだ子どもで、結婚するような年にはなっておりません」

「では、一ヶ月だけ待ってやろう」ヤングは椅子から腰を上げながら言った。「一ヶ月後に、娘から返事をもらおうではないか」

玄関から出ようとしたヤングは、突然振り向くと、真っ赤な顔に目をらんらんと輝かせてどなり声を上げた。「ジョン・フェリアよ。四大長老の神聖会議[61]の命令にそむくほど信仰の薄い信者であるなら、おまえと娘はシエラ・ブランコの山中であのまま白骨と化していたほうがよかったのだ！」

威《い》嚇《かく》するように手を振ると、ヤングは外に出て行き、フェリアの耳には砂利道を去っていくヤングの重い足音がひびいた。

フェリアは、肘《ひじ》を膝《ひざ》に乗せた格好でじっと座ったまま、このことを娘にどう切り出したらよいものかと思案していた。そのとき、柔らかな手が彼の手に重なり、ふと見上げると、娘がそばに立っている。娘のおびえきって青ざめた顔を見たとたん、娘が二人のやりとりを聞いてしまったことを知った。

「聞こえてしまったのよ」父親の表情に答えて、娘が言った。「あの方のお声は、家中に響いたわ。ああ、お父さん、どうしたらいいのかしら？」

「心配することはない」フェリアは、娘を引き寄せ、ごつごつした大きな手でその栗色の髪を撫《な》でながら言った。「このことは、わたしたちで何とか話をつけよう。あの若者に対するおまえの気持ちが、薄れることはないだろうね？」

娘はすすり泣いて、父親の手を堅く握りしめるばかりだった。

「無論そうだろう。そうだろうとも。気持ちが薄らいだなどという話は、わたしだって聞きたくない。あの男は見込みのある青年だし、立派なキリスト教徒だ。ここの連中がどんなにお祈りやら、説教やらに励《はげ》んでも、彼にはかなわないさ。明日、ネヴァダに行く一行があるから、わたしたち(62)が困っていることを手紙に書いてことづけることにしよう。あの男のことだ。電報よりも早く、飛んで帰ってくれるだろう」

ルーシーは父親の言葉に、泣き顔のまま思わず笑ってしまった。

「あの方が帰ってきてくだされば、きっといい方法を考えつくわ。わたしが心配しているのはお父さんのことよ。うわさでは、預言者にそむいた人たちは恐ろしい目にあうそうだわ」

「しかし、まだ、預言者にそむいたわけではない」と、父親は答えた。「まだ、その危険に備える時間はたっぷりある。一ヶ月も先のことだし、その時がきたら、ユタを抜け出すことも考えておかねばなるまい」

「ユタを抜け出すんですって！」

「まあ、そういうことだ」

「でも、農場はどうするの？」

「できるだけ現金にして、後は捨てていくさ。実を言うと、ユタを出ようと考えたのは、なにも今度が最初じゃないんだ。ここの連中はあのいまいましい預言者にぺこぺこしているが、わたしは誰かに頭を下げて生きていきたいとは思わん。自由なアメリカ人のわたしには、何もかもが初めてのことだ。それに、新しいことに慣れるには、もう年をとりすぎとる。今度あいつがこの農場をうろついたら、どこからともなく散弾が飛んできた、などということになるかもしれない」

「でも、あの人たち、わたしたちを無事に出て行かせないわ」娘は反論した。

「とにかく、ジェファスンが帰ってくるのを待とう。帰ってくれば、なんとかなる。それまでは、あまり心配しないことだ。可愛い娘よ。おまえの泣きはらした目を見たりすれば、またあいつがやって来るぞ。心配することは何もないし、危険もないのだから」

ジョン・フェリアは自信に満ちた口調で娘を慰《なぐさ》めたが、彼女は、その夜、父親がいつになく慎重に戸締まりをした後、寝室の壁からさびついた古い猟銃をおろし、念入りに掃除して、弾を込めたのを見逃さなかった。

第4章　命がけの脱出

預言者ヤングが訪れた日の翌朝、ジョン・フェリアはソルトレーク・シティまで出かけて、ネヴァダ山脈に向けて出発する知人を見つけると、ジェファスン・ホープへの手紙をことづけた。その手紙には、自分たち親子の身に危険が迫っているので、ぜひとも戻ってくれるようにと書かれていた。手紙をことづけて、ほっと一息ついたフェリアは、気分も軽く家路を辿った。

農場に近づくと、驚いたことに、二本の門柱それぞれに馬がつないである。さらに驚いたことには、家の中に入ると、若者が二人、我がもの顔で居間を占領しているではないか。面長で青白い顔をした一人は、足を暖炉に引っかけて、揺り椅子にふんぞりかえっていた。首が短く、品のない、むくんだような顔をしたもう一人の若者は、両手をポケットに突っ込んで窓際に立ち、口笛ではやりの賛美歌を吹いていた。フェリアが居間に入ると、二人とも軽く会釈《えしやく》し、揺り椅子に座った若者が口を開いた。

「たぶん、ぼくたちのことはご存じないでしょう。こちらはドレッバー長老の息子さんで、ぼくはジョウゼフ・スタンガスンです。主が御手を広げてあなたをまことの教会へとお導きになったあの砂漠で、ご一緒に旅した者です」

すると、もう一人が鼻にかかった声で続けた。「主が異教徒すべてを御心のままになさるとき、主は臼《うす》をゆっくり回されるが、きわめて細かくおひきになる」

ジョン・フェリアは冷ややかに挨拶を返した。訪問者が誰なのかわかったのだ。

スタンガスンがまた、話し始めた。「この二人のうち、あなたとお嬢さんが気に入ってくださったほうが、お嬢さんに結婚を申し込むようにと、父から言われてきたのです。ぼくの妻はまだ四人ですが、ドレッバーさんにはもう七人もいます。ですから、ぼくのほうがふさわしいでしょう」

「いや、いや、スタンガスンさん。問題は妻が何人いるかではなく、何人養う財力があるかだ。ぼくは父から製粉所を譲り受けたところだから、ぼくのほうが金持ちだ」

と、もう一人が声を荒らげた。

「いや、ぼくのほうが見込みがある」と、スタンガスンも興奮して言った。「主が父を天国にお召しになれば、なめし皮製造所も、皮工場も、ぼくのものになる。それに、ぼくは君より年上で、教会の席次も上だ」

「どちらを選ぶかは、お嬢さんが決めることさ」ドレッバーはガラスに映った自分の姿ににやにや笑いかけながら、答えた。「彼女に決めてもらおうじゃないか」

二人がやりとりしている間、ジョン・フェリアは怒りに身を震わせながら戸口に立って、手にした鞭《むち》を二人の背中に振り下ろしかねない自分を、やっとの思いで抑えていた。

「いいか」つかつかと二人のほうに近づくと、彼はついに口を開いた。「娘に呼ばれたら来てもいいが、それまで、ここへは二度と顔を出すな」

二人の若者は、驚いたように彼を見つめた。モルモン教徒にとっては、二人の男が
求婚を争うのは、娘にも、その父親にも、最高の名誉なのだ。

「部屋の出口は二つだ」と、フェリアは叫んだ。「戸口と、窓だが、どっちから出て行くつもりだ？」

日焼けした顔を怒りに歪《ゆが》め、痩《や》せた両手を振りあげるフェリアを見て、二人の若者は飛び上がると、あわてて逃げ出した。年老いたフェリアはこれを戸口まで追い、

「どっちから出て行くのか教えろ」と、皮肉たっぷりに言った。

「きっと思い知るぞ！」スタンガスンが怒りで顔面蒼白《がんめんそうはく》になって叫んだ。「おまえは預言者ヤング様と四大長老神聖会議にそむいたんだからな。一生後悔するぞ」

「主の御手が重い罰を下されるぞ！」と、ドレッバーも叫んだ。「主が現われて、おまえに懲罰《ちょうばつ》をお下しになるんだ！」

「それなら、まず、こっちがおまえたちを懲《こ》らしめてやる」と、フェリアは怒り狂ってどなりつけ、銃を取りに二階に駆け上がろうとしたが、ルーシーが腕をつかんでそれを押しとどめた。娘の手をふりほどいたときには、馬のひづめの音は遠くに消え去ろうとしていた。

「信者風をふかせる泥棒め！」と、フェリアは額の汗をふきながら叫んだ。「おまえがあいつらのどちらかと結婚するくらいなら、いっそ死んでくれたほうが救われる」

「わたしだってそうよ」彼女はきっぱりと答えた。「でも、ジェファスンがもうじき帰ってくるわ」

「そうだな、もうじき帰ってきてくれるさ。一日でも早いにこしたことはない。あいつらが次にどんな手を使ってくるか、わからんからな」

実際、この頑強な老農場主とその養女にとっては、一刻も早く、助言と援助の手を差しのべてくれる味方が欲しかった。この開拓地始まって以来、長老たちにこれほどあからさまな反抗を示した者はいなかった。ささいな過《あやま》ちでも厳しく罰せられるのだから、これほど正面きって反逆した者には、いったい、どんな運命が待ちかまえていることだろう。こうなれば、財産も富も何の役にも立たないことが、フェリアにはわかっていた。これまでにも、彼に劣らぬ富と名声の持ち主が、どこへともなく姿を消し、その財産が教会に没収されてしまうことがあったのだ。彼は勇敢な男だったが、頭上に迫る、得体の知れぬ暗い恐怖におののいた。正体の知れた危険であれば、敢然《かんぜん》とそれに立ち向かうこともできるが、今度ばかりは不安に気力も萎えてしまう。娘にはその恐怖をひた隠しにして、事態を軽んじるふりをしたものの、娘は愛情ゆえに、父親の不安な様子を鋭く見抜いていた。

彼は、今回の行動について、ヤングから何らかの通告なり諫言《かんげん》があるのだろうと思っていたが、そのとおりだった。ただ、それは思いもかけぬ方法によるものだった。翌朝、目を覚ますと、驚いたことに、掛け布団の胸のあたりにピンで小さな四角い紙切れが止めてあるではないか。紙切れには、太く乱暴な字でこう書かれていた。

「改心のため、二十九日を与える。その後は……」

最後の空白が、どのような脅し文句にもまして恐怖心をかきたてた。使用人は別棟《べつむね》で寝ているし、扉も窓もしっかり戸締まりしたのに、この警告状がどのようにして部屋の中に入ったのか、それを考えるとジョン・フェリアの不安はつのるばかりだった。彼はこの紙切れを丸めて捨て、娘には何も言わなかったが、この事件に背筋も凍る思いだった。二十九日というのが、ヤングが約束した一ヶ月の残りの日にちであることは明らかだ。これほど謎めいた能力を持つ敵を前に、どのような力や勇気が役立つというのか？　あのピンを止めた手は、自分が誰であるのかを悟られることなしに、彼の心臓を一突きにすることもできたのだ。

次の朝、もっと驚くことが起きた。二人が朝食のテーブルにつくと、ルーシーがあっと叫んで、頭上を指さした。天井を見ると、明らかに焼けた棒切れで「28」となぐり書きがしてある。その夜、彼は銃を手に、一晩中寝ずの番をした。その間、誰の姿も見ず、物音も聞かなかったのに、次の朝になると、また、大きく「27」という数字が扉の外に書かれていた。

こうして、一日、また一日と過ぎていったが、毎日、朝になると、見えない敵が書き残した数字がこれとわかる場所に現われ、一ヶ月という猶予の時間があとどれだけ残っているかを教えるのだった。運命の数字は、あるときは壁に、またあるときは床に書き記されていた。また、庭の門や手すりに、小さな貼り紙がつけてあることもあった。ジョン・フェリアがどれほど警戒しても、毎日どこからこの警告が現われるのか、見破ることができなかった。そのうち、フェリアは、この数字を見ると迷信にも似た恐怖に襲われるようになった。彼は、しだいにやつれて落ち着きを失い、追いつめられた獣《けもの》のようにおびえた目つきを見せるようになった。今や、彼に残された希望はただ一つ、ネヴァダからあの若者が帰ってくることだけとなった。

けれども、その数字が20から15に、15から10になっても、若者からは何の連絡もなかった。一日一日と数字は減り続けたが、それでも若者が姿を見せる気配はない。街道に馬の足音や、馭者《ぎょしゃ》のかけ声が聞こえるたびに、老農場主は、ようやく助けが来たと思いながら、門へと走り出るのだった。やがて、5が4に変わり、さらに3となると、彼はすっかり沈み込んで、脱出の望みを完全に失ってしまった。助けもなく、しかも開拓地をとりまく山岳地方の地理に不慣れとなれば、もはやどうすることもできない。人馬の行き来の多い街道は、厳しく見張られており、四大長老神聖会議の許可がなければ通ることができない。もはやどの道を選ぼうとも、身に降りかかる不幸を避けられそうにはなかった。ただ、娘の恥辱《ちじょく》となるようなことに同意するくらいなら、自らの命を絶とうという、老人の決意だけは変わらなかった。

ある夜、彼は一人で部屋に座り、何とかこの窮状《きゅうじょう》を脱することはできないかと考えを巡《めぐ》らしていたが、なかなかこれといった解決策は見あたらなかった。その日の朝、「2」という文字が家の壁に描かれていた。翌朝になれば、残るは最後の一日となる。その日が過ぎたら、いったい何が起きるのだろう？　頭の中には、漠然《ばくぜん》とした恐ろしい想像が渦巻いていた。そして娘は、自分がいなくなったら、娘はどうなるのだろう？　二人の周囲に張り巡らされた目に見えぬ網《あみ》から逃れる手はないのだろうか？　彼はテーブルに頭を沈め、自分の無力さを思っては涙にむせんだ。

おや、あれは何だろう？　静けさの中で、何か軽くこするような音が聞こえる——かすかな音だが、夜のしじまにはっきりと聞こえる。家の扉の辺りだった。フェリアはそっと玄関に出て、耳を澄《す》ました。しばらくは何も聞こえなかったが、また、人目を忍ぶような、小さな音が聞こえた。確かに、誰かが扉の羽目板をそっとたたいている。秘密裁判所の殺人命令を執行する、真夜中の暗殺者だろうか？　あるいは、最後の日が来たことを知らせる使者だろうか？　ジョン・フェリアは、不安におののき、心臓が凍るような思いをするより、いっそ、ひと思いに殺してほしいと思った。彼は、

Geo. Hutchinson Sc

はじかれたように掛け金をはずし、扉をあけた。

外はしんと静まりかえっていた。よく晴れた晩で、頭上には星がきらきらとまたたいている。目の前には、垣根と門に囲まれた小さな前庭が広がっていたが、そこにも道路にも人影は見えない。安堵《あんど》のため息と共に左右を見渡し、その視線を足元に向けて、彼はぎょっとした。一人の男が、両手両足を広げた格好で、うつぶせに倒れているではないか。

驚きのあまり、彼はよろよろと家の壁に身をもたせかけ、叫び声を上げまいと、とっさに自分の喉《のど》を押さえた。最初、彼は、倒れている男がけがをしているか、死にかけているのではないかと思ったが、男は、見る間に、蛇《へび》のように素早く音も立てずに、地面を這《は》うようにして玄関口に入ってきた。家の中に入るとすぐ、男が立ち上がって扉をしめると、びっくり仰天している農場主の前に、決然たる表情をたたえた、ジェファスン・ホープの野性的な顔が現われた。

「何ということだ！」ジョン・フェリアは息を呑《の》んだ。「おどろいたぞ。どうしてあのようにして入ってきたのだ」

「食べ物をください」ホープはかすれ声で言った。「この四日、飲まず食わずでした」彼は、テーブルに残された、この家の主の夕食のコールド・ミートとパンをつかむと、がつがつとむさぼり食った。空腹がおさまると、彼は、「ルーシーは大丈夫ですか？」とたずねた。

「あの子には、危険が迫っていることは、話してないのだ」フェリアが答えた。

「それはよかった。この家は、ぐるりと監視されている。だから、這ってきたのです。やつらも充分にぬかりない連中だが、このウォッシューの猟師にはかなうまい」

ジョン・フェリアは、この献身的《けんしんてき》な味方を得て、生き返った心地がした。彼は、若者のごつごつした手を取り、万感の思いで堅く握りしめて、言った。「おまえは、なんと立派な男だ。こんなわしらのところに戻って、一緒に危険な目にあってくれるとは」

「そうですね。ぼくだってあなたのことを尊敬してはいますが、危険な目にあっているのがあなた一人なら、そうやすやすとこんな面倒に首を突っ込んだりはしませんよ。ルーシーのことを思えばこそ、こうして帰ってきたのです。彼女の身に何かあれば、ユタにいるホープ家の人間が一人減ることになるのですから」

「それで、どうすればいいだろう？」

「明日が最後の日ですから、なんとしても、今夜のうちに動かなければ。イーグル谷にラバ一頭と馬を二頭、待たせてあります。お金はどのくらいありますか？」

「金貨で二千ドルと、紙幣《しへい》で五千ドルだ」

「それだけあれば充分です。ぼくも同じくらい持っている。山越えでカースン・シティまで出なければなりません。ルーシーを起こして下さい。使用人は別棟で寝ていて、ほんとによかった」

フェリアが娘に旅仕度をさせている間、ジェファスン・ホープは、そこらじゅうの食べ物を小さな包みにまとめ、磁器《じき》の壺にも水を満たした。経験から、山には泉が少なく、泉と泉の距離も離れていることを知っていたのだ。彼が旅の準備を終えた頃、フェリアがすっかり旅仕度をととのえた娘を連れて戻ってきた。恋人たちは、愛情のこもった、短い挨拶を交わした。一刻でも時間が惜しく、やるべきことは山ほどあった。

「すぐに出発しましょう」ジェファスン・ホープが、低い、りんとした声で言った。危険の大きさを知りつつ、その危険と向き合うことを決意した者の声だった。「正面と裏の出口は見張られてるが、横の窓からそっと出て、畑を通れば、抜け出せるかもしれない。街道に出さえすれば、馬が待っている谷までたったの二マイル（三キロ）です。夜明けまでには、山の半分は越えられますよ」

「途中で見つかったらどうする？」フェリアがきいた。

ホープは、上着の胸からのぞいたピストルの台尻をたたいた。「敵が手に負えないほど大勢だったら、二、三人、道連れにしてやりますよ」彼はこう言って、不敵な笑いを浮かべた。

家の明りはすべて消してある。フェリアは暗い窓から自分の畑をじっと見つめた。今、この瞬間、この畑は永遠に彼の手を離れるのだ。しかし、ずっと前から犠牲は払うつもりでいたし、娘の名誉と幸福のためなら、自分の財産をなくすことなど、なんの悔いもなかった。夜風に揺れる木々のささやき、ひそやかに広がる小麦畑、何もかもが平和と幸せに満ちたこの風景に殺意が潜んでいるとは、とうてい思えなかった。しかし、若い猟師の青ざめた顔に緊張が走るのを見れば、さっき家まで近づくのに、どれほどの危険を冒してきたかがわかる。

フェリアは金貨と紙幣の詰まった包みを、ジェファスン・ホープはわずかな食料と水を手に持ち、ルーシーは貴重品をいくつか入れた小さな包みを持った。用心しながら、ゆっくりと窓をあけると、三人は黒い雲が少しでも闇を広げるのを待って、一人ずつ窓から庭へとおりた。息を凝《こ》らして、身を屈め、三人はこっそり庭を横切って、生け垣のかげに身を隠した。そして、そのまま生け垣沿いに進んで、小麦畑への出口まで来た。と、そのとき、若者はいきなり親子をつかんで、物陰にひきずりこみ、三人は震えながらじっと息を凝らした。

大草原での猟の経験から、ジェファスン・ホープが山猫のような鋭い耳を持っていたことが幸いした。彼とフェリア親子が身を屈めるや、数ヤード（二、三メートル）離れたところで、ホーホーと、山フクロウの陰気な鳴き声が聞こえ、すぐに、少し離れた場所から、これに応える鳴き声が続いた。すると、三人が進もうとしていた生け垣の切れ目から、人影らしきものが現われ、また物悲しいフクロウの鳴き声を合図すると、二人めの男が闇から姿を現わした。

「明日の真夜中、ヨタカが三度鳴く時に」と、兄貴分らしい最初の男が言うと、

「承知しました。兄弟ドレッバーに伝えましょうか？」と、もう一人が答えた。

「ドレッバーに伝えろ。彼からまた、ほかの者に伝えるように言え、九と七！」

「七と五！」もう一人が答えると、二人は別々の方向にさっと姿を消した。最後の言葉は、明らかに何かの合い言葉だったのだ。二人の足音が遠くに消え去るとすぐ、ジェファスン・ホープはさっと立ち上がり、親子に手を貸して生け垣の切れ目から畑に出ると、全速力で突っ走った。そして、娘が力つきて走れなくなると、彼女を脇から抱きかかえるようにして進んだ。

「早く！　早く！」ホープは、ときどき息を切らしながら声をかけた。「見張り線を越えているところだ。ここが抜けられるかどうかで、すべてが決まるんだから、早く！」

街道に出てしまうと、速度はぐんと速まった。一度だけ人影に出会ったが、あわてて畑に滑り込んで、なんとか姿を見られずにすんだ。町の少し手前で、ホープは横道にそれて、山へと続く岩だらけの狭い小道に入った。切り立った二つの峰《みね》が暗闇を背

に頭上にそそり立ち、その間の狭い谷道が、馬を待たせてあるイーグル谷だった。ジェファスンは確かな本能に導かれて、大きな丸石の間を抜け、干上がった川底を進み、やがて忠実な動物たちをつないでおいた岩陰の奥にたどり着いた。娘がラバに、フェリアが金袋を持って一方の馬に乗ると、ジェファスン・ホープは険しい危険な道に馬を進めた。

荒々しい自然に慣れぬ者にとって、その道は想像を絶するものだった。片側からは、千フィート（三〇〇メートル）以上はあろうかという切り立った大岩が黒々と迫り、ごつごつしたその岩肌には、長い玄武岩《げんぶがん》の石柱が、化石と化した恐竜の肋骨のように浮き出ている。反対側は、丸石やがらがらした岩の破片が混じり合い、歩くに歩きようがない。その間を、一列でしか通れないほど狭いでこぼこ道が続いている。足元のあまりの悪さに、よほど訓練された乗り手でなければ、馬を進めるのは難しかった。しかし、そうした危険と困難にもかかわらず、逃亡者たちの心は軽かった。一歩一歩進むごとに、おぞましい暴力の支配する世界から遠ざかることができるのだから。

しかし、彼らはすぐに、まだモルモン教徒の管轄《かんかつ》地域内にいることを知らされた。道がひときわ荒涼として、もの寂しい場所にさしかかったとき、ルーシーが叫び声をあげ、前方を指さした。道を見下ろす岩の上に、見張りの男が一人、夜空にくっきりとその影を浮かび上がらせて立っている。三人と同時に、その男も彼らを見つけた。

「誰だ？」という、軍隊調の詰問が谷のしじまを揺るがせた。

「ネヴァダへ行く旅の者だ」と、ジェファスン・ホープがサドルの脇に吊《つ》るしたライフルに手をかけながら答えた。

たった一人の見張りはその返事に不満らしく、三人を見下ろして、銃身を定めた。

「誰の許可を得たのだ？」と、見張りがたずねた。

「四大長老神聖会議の許可だ」と、フェリアが答える。モルモン教徒としての経験から、それが最高の権力を持つことを知っていた。

「九と七！」見張りが叫んだ。

「七と五！」ジェファスン・ホープは、庭先で聞いた合い言葉を思い出し、とっさに答えた。

「よろしい。神のお守りがあるように」頭上から声が聞こえた。この地点を過ぎると、道幅も広がり、馬も速歩で進めるようになった。振り返ると、銃にもたれる見張りの姿が見える。三人には、「選ばれし民の国」の国境を越えた今、行く手には自由の天地が広がっているように思えた。

第5章　復讐の天使

　三人は、夜どおし、岩だらけのでこぼこ道をくねくねと進んだ。一度ならずも道を見失ったが、山に詳しいホープのおかげで、元の道に戻ることができた。夜が明けると、荒々しい自然の美を讃《たた》えた、この世ならぬ風景が眼前に開けた。雪をいただく高い峰々が彼らを取り囲むようにそびえ立ち、互いの肩ごしに遠い地平をのぞき込んでいた。山の両側は岩だらけの急斜面で、カラマツやマツが頭上に覆《おお》いかぶさるように生え、一陣の風によって、すぐに、崩れ落ちてきそうだ

った。これが単なる心配でない証拠に、荒涼たる谷にはこうして落下した樹々や丸石がごろごろしていた。彼らの通行中にも、巨大な岩が轟音《ごうおん》と共にがらがらと崩れ落ち、静かな谷間に大音響をとどろかせた。この音に、疲れきった馬も、あわてて全速力で走り出した。

東の地平線から朝日がゆるやかに昇ると、山の頂きが、祭りの灯火のように、一つまた一つと明るみを増し、やがてすべてが赤々と輝《かがや》きわたった。この雄大な光景は、三人の逃亡者たちの心を浮き立たせ、新たなエネルギーを注ぎ込んだ。谷間から流れ出る奔流《ほんりゅう》に出ると、休息して馬に水を飲ませ、自分たちはあり合わせの食事を済ませた。ルーシーと父親は少しでも長く休みたがったが、ジェファスン・ホープは心を鬼にして、二人をせかした。「やつらはもう、追跡を始めてますよ。急がないと、何もかもおしまいになる。無事にカーソン・シティまで行けば、一生でもゆっくりできるのですから」

その日は一日中、狭い道を苦労して進み、夕方には、敵の追跡を三十マイル（五〇キロ）以上引き離したと思われた。夜になると、突き出た岩の根元の、雨風がしのげる場所を選び、そこで互いに体を寄せ合い、暖をとって、数時間の眠りをむさぼった。しかし、夜明け前には起きて、また旅を続けた。追手の影さえ見えないので、ジェファスン・ホープは敵である恐ろしい組織の手を完全に逃れたと思い始めた。その鉄の支配がどれほど遠くにまで及び、どれほど早く彼らを捕らえ、破滅《はめつ》させることになるかを、ホープは知らなかった。

逃亡も二日目の昼頃になると、乏しい食料が底をつき始めた。しかし、若き狩猟者に不安はなかった。山中には食料となる獲物がいたし、これまでも幾度となくライフルによって飢《う》えをしのいできたのだ。彼は人目につかぬ場所を選び、乾いた枝を数本重ねて火をおこした。これで、連れの二人も暖をとれるだろう。海抜五千フィート（一五〇〇メートル）近い高地なので、空気は肌を切るように冷たかった。馬をつなぎ、ルーシーにちょっと出かけてくると声をかけると、ホープは肩に銃をかついで、食料になりそうな獲物を探しに出かけた。振り返ると、老人と娘が焚火《たきび》に身を屈め、その向こうに三頭の馬がじっと立っているのが見えた。やがて、岩が視界をさえぎり、二人の姿は見えなくなった。

彼は谷から谷へと二、三マイル（三、四キロ）歩き回った。しかし、木の幹についた傷や何かから、その辺りにかなりの熊がいることはわかったものの、獲物は見つからなかった。二、三時間むなしく歩き回り、あきらめて引き返そうと思ったその時、ふと目を上げると、喜びで身震いしそうな光景が目に入った。頭上、三、四百フィート（九〇メートルから一〇〇メートル）の張りだした岩山の上に、体は羊に似ているが、巨大な角をはやした動物が一頭いる。ロッキー羊と呼ばれるその動物は、たぶん、彼には見えないところにいる群れを守る見張り役なのだろうが、幸い、反対の方角を向いていて、彼には気づいていなかった。ホープは銃を岩の上に乗せると腹ばいになって、しっかりとねらい定めて引き金を引いた。羊は空にはね上がったかと思うと、崖の縁《ふち》で一瞬よろめいた後、下の谷に向かってどっと落ちてきた。

獲物は大きくて、かかえきれなかったので、ホープは腿《もも》一本とわき腹の一部を切り取って持ち帰ることにした。日も暮れかけていたので、彼は急いでもと来た道を引き返し始めた。しかし、歩き始めたとたん、大変なことに気づいた。獲物を探すのに夢中で、よく知る谷を過ぎ、ずっと奥まで迷い込んでしまったのだ。来た道を探すのは容易ではない。今いる谷間は幾重にも小さな峡谷《きょうこく》へと分岐しているうえに、どれもよく似ているため、区別するのが難しかった。それらしい谷を一マイル（一・六キロ）ほど行ったところ、見覚えのない急流に出てしまった。間違えたことに気づいた彼は、また別の谷間に入ったが、結果はやはり同じだった。夕闇が足早に迫ってきて、やっと彼が見覚えのある谷間にたどり着いたときには、辺りはもうとっぷりと暮れていた。月はまだ昇らず、両側の崖が闇をさらに深くしたため、その先も正しい道筋をたどるのは容易なわざではなかった。獲物は重く、あちこち歩き回って疲れ果ててはいたものの、一歩進めばそれだけルーシーに近づくし、残りの行程に充分な食料を運んでいるのだと思って気を引き立て、ホープはよろめくように歩き続けた。

彼はやっとの思いで親子の待つ谷間の入口にたどり着いた。暗闇の中でも、周りの崖の輪郭に見覚えがあった。出発してからかれこれ五時間も経ってしまったのだから、二人はさぞ心配しながら自分の帰りを待ちわびていることだろう。彼はうれしさのあまり、口に手を当て、谷間にこだまするように「おーい！」と叫んで合図をした。しばらく待ったが返事はない。自分の叫び声が森閑《しんかん》とした暗い谷間に響きわたり、無数のこだまとして戻ってくるだけだった。さっきより大きな声でもう一度叫んでみたが、今度も、つい先ほど別れた二人からはささやきさえも返ってこなかった。漠然とした得体の知れぬ恐れを感じたホープは、動揺のあまり貴重な食料さえ捨てて、狂ったように走り出した。

岩角を曲がると、焚火をしていた場所が一目で見えた。まだ残り火が赤々と燃えていたが、彼が出発してから薪《まき》を足した様子はなかった。辺りは、相変わらずシーンと静まり返っている。恐れは今や確信に変わり、彼は先を急いだ。残り火の近くに生き物の気配はなく、馬も、老人も、娘も、跡形もなく消え去っていた。とにかく、彼がいない間に、なにか恐ろしい惨事《さんじ》が起こったことだけは確かだ――彼ら全員を飲み込んで、しかも何の痕跡も残さぬような惨事が起きたのだ。

ジェファスン・ホープは、衝撃のあまり頭がぼーっとしてめまいを感じ、崩れ落ちそうになる体を、銃にすがってやっとのことで支えていた。しかし、元来が活動的な彼は、一瞬の虚脱状態《きょだつ》からすぐに立ち直り、くすぶる焚火の中から半分焼け焦げた枝を一本取り出すと、息を吹きかけて燃え上がらせ、その明りをたよりに、二人がいた場所を調べ始めた。地面には一面に馬のひづめの跡が見えることから、馬に乗った一団が逃亡者を襲ったことは明らかだった。さらに、足跡の方向から、その一団がソルトレーク・シティへと引き返したこともわかった。彼らは二人を連れ戻したのだろうか？　ジェファスン・ホープが、そうに違いないと自身を納得させようとしたその時、ふと何かが目に止まり、その瞬間身の毛がよだった。焚火から少し離れた場所に、赤土が低く盛られているが、これは確か以前にはなかったものだ。新しく掘られた墓としか考えようがない。ホープが近づいてみると、盛り土の上に棒が一本突き刺してあり、その先の割れ目に一枚の紙がはさんである。紙切れには簡単明瞭にこう書いてあった――

ジョン・フェリア
ソルトレーク・シティの元住民
一八六〇年八月四日死亡

それでは、ついさっき別れたばかりの頑強な老人は死んでしまい、これが、この紙切れ一枚が彼の墓碑《ぼひ》だというのか。ジェファスン・ホープは第二の墓はないかと、狂ったように辺りを見回したが、ほかには何もなさそうだった。ルーシーは、残忍な追跡者の手によって連れ去られ、ヤングが定めた運命に従って、長老の息子の後宮に送り込まれたのだ。若者は娘の運命を変えられなかった自分の無力さを悟り、自分も老人の傍《かたわ》らで永遠の眠りにつきたいと願った。

しかし、ここでもまた、彼の快活な精神がよみがえり、絶望からくる無力感を振り払った。もはや、二人のことはどうしようもないが、少なくともわが身の一生をこの復讐《ふくしゅう》に捧げることはできる。ジェファスン・ホープは、不屈の忍耐心と共に、あくなき復讐心の持ち主でもあったが、これは以前生活を共にしたインディアンから学んだものかもしれない。わびしい埋もれ火のそばにたたずみながら、彼は、この悲しみを和らげるには、自らの手で敵に徹底的な復讐をするしかない

と思った。そして、自分の強固な意志と不屈の精力を、この一事に捧《ささ》げようと、強く決心するのだった。青白い顔に厳しい表情を浮かべたまま、彼は獲物を捨てた場所まで戻ると、くすぶっていた焚火をおこして肉をあぶり、数日分の食料を用意した。そして肉を束ねると、疲れきってはいたものの、「復讐の天使たち」を追って山道を歩いて戻り出した。

痛い足と疲れきった体を引きずるようにして、きのうまで馬で通った谷間を五日間歩き続けた。夜になると、岩の間に倒れ込んで、二、三時間、短い眠りをむさぼったが、夜明け前にはまた起きて歩きだした。六日目に、フェリア親子と共に不運な逃避行を始めたイーグル谷までたどり着いた。そこからは聖者たちの町が一望のもとに見渡せた。精根尽き果てた彼はライフル銃にもたれたまま、眼下に広がる静まりかえった町に向かって、瘦《や》せこけた手を荒々しく振りかざした。見ると、町の大通りのあちこちに旗《はた》が立ち、町全体が何か祭のような雰囲気だった。何の祭だろうかと思っているところへ、ひづめの音が響き、馬に乗ってこちらの方向に走ってくる男の姿が見えた。近づいてみると、クーパーという名のモルモン教徒で、彼が何度か面倒を見てやった男だった。そこで、彼は近づいてきた男に声をかけ、ルーシー・フェリアがどうなったかをたずねた。

「おれはジェファスン・ホープだが、覚えているかい？」と、彼は言った。

男は驚いて、まじまじと彼を見た。実際、幽霊のように青白い顔に目だけがぎらぎらと光り、乱れた髪にぼろをまとったこの浮浪者が、あのこぎれいな若き猟師だとは、誰にも想像できないだろう。しかし、やがてこの浮浪者がホープだとわかると、男は前にもまして仰天《ぎょうてん》して、叫んだ。

「こんなところにやって来るなんて、おまえさん、気でも違ったのかい。おまえと話してるのを見られただけで、こっちの命が危ないんだ。フェリア親子を助けたというんで、おまえには四大長老神聖会議から逮捕状が出ているんだぞ」

「長老会議だって、逮捕状だって、そんなもの怖くはないさ」と、彼は正面きって言った。「クーパー、おまえなら知ってるだろう。お願いだから教えてくれ。おれたちはずっと友達だったろ？　頼むからいやだなんて言わないでおくれよ」

「何が聞きたいんだ」クーパーは不安げに言った。「早くしてくれ。岩に耳あり、木に目ありなんだ」

「ルーシー・フェリアはどうなったんだ？」

「あの娘はきのうドレッバーの息子と結婚したよ。おい、どうした、しっかりしろ。死人みたいに真っ青だぞ」

「おれのことはいい」と、ホープは弱々しく言った。彼は唇まで真っ青になり、もたれていた岩の上にへたりこんだ。「結婚したと言ったな？」

「きのう結婚したんだよ。それで教会堂に旗が立っているんだ。ドレッバーの息子とスタンガスンの息子のどちらが娘をもらうかで、争いになってね。二人とも追跡隊に加わったんだが、父親を殺したのがスタンガスンだったんで、彼のほうが有力だと思われてたんだ。だけど、いざ会議で相談ということになったら、ドレッバー一族のほうが力があったんだね。預言者はドレッバーのほうに娘をお与えになったのさ。だが、どっちの妻になったとしても、あの娘はそう長くは生きられないね。きのう彼女を見たけど、すでに死人のようだったもの。あれは、女じゃなくて幽霊だね。おや、行くのかい？」

「ああ、行くよ」ジェファスン・ホープは立ち上がって言った。表情は大理石の彫像のように堅くこわばり、目だけが異様な輝《かがや》きを放っていた。

「どこへ行くんだ？」

「心配ないさ」と、答えると、ホープは銃を肩にかけ、どんどん谷を下って、動物たちの住む山奥深くへと消え去った。山中にも、今の彼ほど獰猛《どうもう》で危険な動物はいないことだろう。

モルモン教徒、クーパーの予言は的中した。父親の悲惨《ひさん》な最期を目の当《ま》たりにしたからか、いまわしい結婚を強いられたためか、ルーシーは床についたまま、日ごとにやつれ、一ヶ月もしないうちに死んでしまった。ジョン・フェリアの財産めあてで結

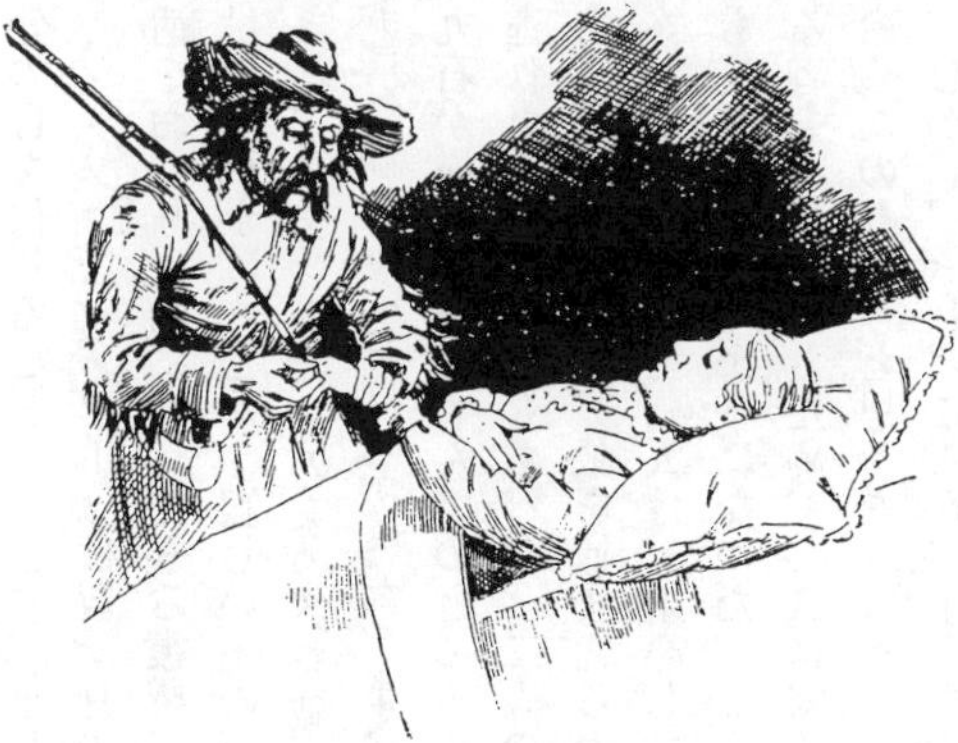

婚した大酒飲みの夫は、彼女が死んでもそれほど悲しみもしなかったが、彼の他の妻たちが彼女の死をいたみ、モルモン教のしきたりに従って、通夜をいとなんでくれた。女たちが棺《ひつぎ》を囲んで明け方を迎えようとしていたとき、突然部屋の扉が開いて、ぼろをまとった、日焼けして凶暴な顔つきの男がずかずかと部屋に入ってきた。恐怖に身を縮めた女たちには一目もくれず、男はかつてルーシー・フェリアの清らかな魂が宿っていた白くもの言わぬ遺体に歩み寄った。彼は遺体に身を屈め、冷たい額に恭《うやうや》しく唇を当てた後、その手をつかむと指から結婚指輪を抜き取った。「こんな指輪をはめたまま、埋葬されてたまるか！」彼は荒々しく言い捨てると、女たちが叫び声を上げる間もなく、飛ぶように階段を駆け下りて姿を消した。この一件はあっという間の奇妙な出来事だったため、花嫁のしるしである金の指輪がなくなっているという事実がなければ、目撃者でさえ自

分の目を信じることができず、ましてや他人を納得させることはできなかったろう。

ジェファスン・ホープは数ヶ月の間山中をさまよいながら、野人のような奇妙な生活をおくり、胸に熱くたぎる復讐心を育んでいった。町では、鬼気迫《ききせま》るその男の姿を、付近で見かけたとか、寂しい山の谷間をさまよっているとかいう噂《うわさ》が流れた。あるときは、スタンガスンの家の窓を破って弾丸が飛び込み、彼から一フィート（三〇センチ）と離れぬ壁を打ち抜いた。また、ドレッバーが崖下を通ろうとしたとき、巨大な丸石が崩れ落ち、すんでのところで悲惨な最期となるところを、身を伏せてなんとか逃れたということもあった。二人の若いモルモン教徒は、自分たちが命を狙われる理由にすぐに気づき、敵を捕まえるか殺そうと、何度も山狩りをしたが、いつも失敗に終わった。やがて二人は、用心して、一人歩きや暗くなってからの外出を避け、家にも見張りを置くようになった。しばらくすると、敵の姿を見たり聞いたりする者もなくなったため、二人は安心して警護《けいご》の手をゆるめ、敵の復讐心も時とともに冷めたのだろうと思った。

しかし、それどころか、ホープの復讐心はますますつのるばかりだった。彼は頑固一徹な性格で、その心は復讐心に凝り固まっていたため、それ以外の感情を抱く余裕はなかった。しかし、彼は何よりも現実的な人間でもあった。自分がどれほど頑強であっても、このように絶え間なく疲労にさらされては体がもたないことを悟ったのだ。

雨風にさらされ、ろくな食料も口にできないせいで、彼は非常に弱っていた。山中でのたれ死にしたら、この復讐はどうなるのか？　しかも、これ以上こんな生活を続ければ、のたれ死にを免れない。それでは敵の思うつぼではないかと考えたホープは、気は進まぬものの、ひとまず以前いたネヴァダの鉱山に戻って、そこで健康の快復をはかり、復讐を遂《と》げるのに必要なお金を充分蓄《たくわ》えることにした。

彼はせいぜい一年で戻るつもりだったが、思いがけずさまざまな事情が重なり、五年近くも鉱山を離れることができなかった。しかし、五年が経っても後悔と復讐の念は、ジョン・フェリアの墓の前に立ったあの忘れ得ぬ晩と変わることなく彼の心に燃えたつのだった。彼は正義のためならと自らの危険も顧《かえり》みず、名を変え、変装して、ソルトレーク・シティに戻って行った。ところが、そこで悪い知らせを聞くことになる。数ヶ月前に「選ばれたる民」の間に分裂騒ぎがあって、若い教徒たちが長老たちの権威に反抗した結果、かなりの数の不満分子が教会を離れてユタを去り、異教の徒となったというのだ。この中にはドレッバーもスタンガスンも入っていたが、彼らの行き先を知る者はいなかった。噂では、ドレッバーは財産のかなりの部分を換金して裕福だったが、スタンガスンのほうはどちらかといえば貧しいままだったという。しかし、二人の行方に関して、手がかりは何一つなかった。

いかに執念深くとも、このような困難を前にしては、復讐をあきらめてしまうのが普通だろうが、ジェファスン・ホープの決心は一瞬たりとも揺るがなかった。手持ちのわずかな財産と、行く先々で得た仕事で細々と暮らしながら、彼は敵を追って国中を旅して歩いた。年を重ね、黒髪が白髪まじりになっても、彼はわが身を捧げたただ一つの目的だけを心に抱いて、警察犬さながらしつこく捜し歩くのだった。やがて、彼の忍耐も報われる日がきた。オハイオ州、クリーヴランドでのことだ。建物の窓にちらっとその顔を見かけただけだが、彼には追い求めている二人がこの町にいるのがひと目でわかった。彼は安宿に戻ると、抜かりなく復讐計画を練った。しかし、ドレッバーのほうも、たまたま窓から見て、通りの浮浪者の姿に気づき、その目にただならぬ殺気を感じていた。すぐに彼は、いまや彼の秘書となっているスタンガスンを従えて、治安判事のもとに駆け込み、昔の恋がたきが嫉妬《しっと》と憎しみから彼らの命を狙《ねら》っていると訴えた。その晩、ジェファスン・ホープは身柄を拘束され、保証人がいないばかりに、何週間もそのまま留置されてしまった。やっと自由の身になったときには、時すでに遅く、ドレッバーの家はもぬけのからで、二人はヨーロッパへと旅だった後だった。

またしても、ホープの復讐は失敗に終わり、にえたぎる復讐の念を胸に、彼はまた追跡を開始した。しかし、蓄えも底をつきかけていたため、彼はしばらくの間働いて、ヨーロッパへの旅費を貯めなければならなかった。やがて、何とか食べていけるだけの金を蓄えた彼は、ヨーロッパに向けて旅立ち、卑しい仕事で日々の糧を稼ぎながら町から町へと目指す敵の足どりを追ったが、逃亡者たちに追いつくことはできなかった。ペテルブルクに着いたときは、敵はパリへと発った後で、パリまで行けば、今度はコペンハーゲンに向けて出発したばかりという具合だった。デンマークの首都では、今度は数日遅れで二人はロンドンへ逃げていた。そして、そのロンドンで、とうとう敵を追いつめたのだ。そこでの出来事については、年老いた猟師その人の口から聞くのがよいだろう。彼の言葉は、わたしたちがすでに深く恩義《おんぎ》を感じているワトスン医師の手記に逐一記録されている。

第6章　ワトスン医師の回想録の続き

わたしたちが捕まえた男は激しく抵抗したが、何も乱暴を働くつもりがあったわけではないらしい。というのも、もはやこれまでと観念した男は、人の良さそうな笑みを浮かべて、乱闘の最中に誰もけがをしなかったろうかとたずねたのだ。「わたしを警察に連れて行くのでしょう。おもてにわたしの馬車があります。足の縄《なわ》さえゆるめてもらえれば、自分で歩いて行きますよ。太ってしまったから、かついでいくのは大変でしょう」と、ホームズに言った。

グレグスンとレストレイドは、ずいぶんと図々しい申し出だと言わんばかりに互いを見やったが、ホームズはすぐに男の言葉を信用して、その足首を結んだタオルをほどいた。男は立ち上がると、足が自由が戻ったことを確かめるように、両足をしっかりと伸ばした。わたしは、彼を眺めながら、これほど頑強な体の持ち主は見たことがないと思ったのを覚えている。男の黒く日に焼けた顔には、その体力に負けず劣らず力強い決意とエネルギーとがみなぎっていた。

「どこかに警察署長の椅子の空きがあったら、あなたこそ適任です」と、彼はわたしの同居人ホームズに賛嘆《さんたん》の眼差しを向けた。「私を追いつめた手際は、まったくすばらしいものだった」

「君たちも一緒に来ませんか」と、ホームズは二人の警部を誘った。

「わたしが馭者《ぎょしゃ》をつとめよう」と、レストレイドが言った。

「それはありがたい。グレグスン、君はぼくの横に乗って。それからワトスン、君も事件に興味があるだろうね。一緒に来るといい」

わたしは喜んで応じ、皆一緒に階段を降りていった。男は逃げようとする様子も見せずに、静かに自分の馬車に乗り込むと、わたしたちもそれに続いた。レストレイドが馭者席に上り、馬に一鞭《ひとむち》くれると、あっという間に目的地に着いた。わたしたち一同は小さな部屋に通され、そこで取り調べの警官が容疑者の名前や殺された被害者の名前を記録した。警官は青白い、無表情な顔をした人物で、さもめんどうだと言わんばかりに、事務的に取り調べを行なった。「今週中に判事の取り調べがある。ジェファスン・ホープ、その前に何か言っておきたいことがあるか？ 言っておくが、おまえの言葉はすべて記録され、場合によっては不利な証拠となることもあるから、そのつもりで」と、彼は言った。

「言いたいことなら山ほどありますよ」ホープはゆっくりと答えた。「みなさん、ぜひ聞いて下さい」

「裁判の時まで待ったほうがいいんじゃないかな」と取調官が言った。

「裁判を受けることはないでしょう」彼は答えた。「驚かないで下さい。自殺などは考えてません。あなたは、お医者さんですか？」彼は射るような黒い目でわたしを見ながら、たずねた。

「そうだが」と、わたしは答えた。

「じゃ、ここに手を当ててみて下さい」彼は、ほほえみながら手錠《てじょう》のかかった手で自分の胸を示した。

わたしは彼の言うとおり、その胸に手を当てると、すぐに心臓の鼓動《こどう》が異常に激しく、乱れていることに気づいた。貧弱な建物の中で強力なエンジンが動いているかのように、胸の壁がぶるぶると震えている。シーンと静まりかえった部屋の中では、低くうなるような心臓の鈍い鼓動さえ聞こえた。

「これは、大動脈瘤《だいどうみやくりゆう》(63)じゃないのか！」と、わたしは思わず大声をあげた。

「そうらしいですね」と、彼は静かに答えた。「先週、医者にみてもらったら、遠からず血管が破裂《はれつ》するだろうと言われました。年々悪くなってきたのです。ソルトレークの山中で風雨にさらされたり、ろくな食事をしなかったからなのです。もう、目的は果たしたのですから、わたしはいつ死んでもかまいませんが、事件のいきさつだけは話しておきたいのです。ただの人殺しだとは思われたくはありませんから」

取調官と二人の警部は、彼に身の上話をさせてよいものかどうか、急いで協議した。

「先生、すぐにも危険な状態になるとお思いですか？」取調官が聞いた。

「かなり危険な状態ですね」私は答えた。

「この場合、裁判のためにも、彼の供述を記録するのが、われわれの義務だと判断します」と、取調官が言った。「ジェファスン・ホープ、おまえは自由にしゃべってよい。もう一度言うが、すべては記録される」

「では、ちょっと座らせてもらいましょうか」ホープはそう言って腰をおろした。「病気のせいですっかり疲れやすくなっているうえ、半時ほど前のあの格闘がこたえました。もう墓に片足を突っ込んでいるのですから、嘘《うそ》をついたりはしませんよ。わたしの言うことはすべて真実ですが、それをどう使おうと、それはわたしの知ったことではありません」

こう言うと、ジェファスン・ホープは椅子にどっかと座り込み、次のような驚くべき供述を始めた。彼は、ごくありふれた話をするように、静かに順を追って話を進めた。ジェファスンの言葉を正確に書き留めたレストレイドの手帳を参考にしたので、この話の正確さは保証する。

「わたしがなぜあの二人を憎んだか、それは皆さんにはあまり関係のないことでしょうが、要するに、二人の人間――ある娘とその父親――を殺したからです。そのために、その罰として自分たちの命を失ったのだと言えば充分でしょう。二人が罪を犯してからかなり経つので、法廷で有罪の判決を得るのは不可能でした。しかし、二人に罪があることは、このわたしが知っているのですから、こうなったら自分で判事と陪《ばい》審員《しんいん》と死刑執行人の三役をつとめようと決心しました。男たるもの、誰だって、わたしと同じ立場に置かれたら、同じことをするに決まっています。

殺された娘ですが、二十年前、私はその娘と結婚することになっていました。それが、むりやりにあのドレッバーと結婚させられ、悲嘆のあまり死んでしまったのです。わたしは死んだ彼女の指から結婚指輪を抜き取り、奴が死ぬ間際《まぎわ》にその指輪を突きつけて、自分が犯した罪の深さを最期の瞬間まで思い知らせてやろうと誓いました。そんなわけで、その指輪を肌身離さず持ち歩き、ドレッバーとその相棒を追って二つの大陸を旅し続け、やっと二人を捕まえたというわけです。奴らは、わたしが疲れはてであきらめるだろうと思ったようだが、そりゃ、とんだ間違いだ。わたしは明日にでも死んでしまうかもしれませんが、この世でやるべき仕事は立派にやり遂《と》げたと思って死ねます。奴らは死んだのです。しかもわたしのこの手で奴らの息の根を止めたのですから。何も思い残すことはありません。

奴らは金を持っているが、こっちは貧乏ですから、足どりを追うのは並大抵ではありません。ロンドンに着いたときには、一文無《いちもんな》しになりかけていたので、食べるために何かするしかありませんでした。馬車や馬の扱いならと思って、馬車屋に頼んだら、すぐに雇ってくれました。週ぎめで決まった額を主人に納めることになっていましたが、それ以上の稼ぎは全部自分のものになるのです。たいした額じゃありませんが、それでもなんとか食べてはいけました。いちばん骨が折れたのは、道を覚えることでしたよ。なにしろ、ロンドンほど道がややこしく入り組んでいるところはないですからね。まあ、最初は地図が離せませんでしたが、大きなホテルと駅の場所を覚えたら、後は楽になりました。

二人の居所をつきとめるには、ずいぶんと手間取りましたが、あちこち聞き回って、とうとう奴らと出くわしたのです。奴らは川向こうのキャンバウェルに宿をとっていました。いったん居場所さえわかれば、もう、こっちのものです。わたしは髭をはやしていましたから、こっちの正体はわかりっこありません。やつらがどこに行こうが、必ずしつこく後をつけ、チャンスをねらいました。もう二度と逃がすものかと、堅く決意していたのです。

それでも、また、逃げられそうになったこともありました。ロンドンのどこへ行こうが、わたしはいつもぴったりと奴らに張りついていました。馬車で追うことも、歩いて追うこともありましたが、馬車のほうが逃げられることがなくて安全でしたね。朝早くと夜遅くにしか稼げなかったので、主人への払いがとどこおりがちになりましたが、気にはしませんでした。なにしろ、目指す相手の首ねっこを押さえたのですから。

奴らのほうも抜け目がなくてね。どっかでつけられていると感じたんでしょう。決して一人で出かけたり、夜に外出したりしないのです。二週間というもの、毎日馬車で後をつけましたが、一度たりとも別々に行動しませんでした。ドレッバーの奴はほとんどいつも酔っ払ってましたが、スタンガスンのほうはなかなかすきを見せません。朝から晩まで二人を見張ってはいましたが、まったくチャンスがありませんでした。でも、なぜかわかりませんが、その時が近いと感じていたので、気落ちすることはありませんでした。わたしが恐れていたのは、胸の動脈瘤が思いのほか早くに破裂して、復讐が遂げられないかもしれないということでした。

でも、ある晩のこと、二人が宿をとっていたトーキー・テラスの通りを馬車で行ったり来たりしていると、一台の馬車が宿の前に止まるじゃありませんか。やがて馬車に荷物が運び込まれて、しばらくすると、ドレッバーとスタンガスンが乗り込んで、出かけて行きました。私も馬に鞭《むち》を当て、見失わないようについて行きましたが、奴らがまた宿を替えるんじゃないかと、内心ひやひやしましたよ。二人はユーストン駅で降りたので、子どもに馬車の留守番を頼んで、プラットホームまで後をつけて行きました。リヴァプールに行くつもりらしく、車掌にたずねていましたが、今出たばかりだから、次の列車まで数時間待たなければならない、と車掌が答えるのが聞こえました。スタンガスンはそれを聞いていらいらした様子でしたが、ドレッバーのほうはむしろ喜んでいました。わたしは、雑踏にまぎれて近づいて、二人のやりとりの一部始終を聞いたのです。ドレッバーが個人的な用事があるので戻ってくるまで待っていてくれと言うと、相棒のほうは、別行動をしないことに決めたじゃないか、と文句を言っていました。ドレッバーは、ちょっとデリケートな問題なので、一人で行かなきゃならないんだ、と答えました。スタンガスンがどう答えたかは聞き取れなかったのですが、ドレッバーは、雇われ者のぶんざいで、おれに指図するなんて生意気だと、突然大声でののしりだしたのです。秘書のスタンガスンのほうは分《ぶ》が悪いとあきらめて、最終列車までに戻れなかったら、ハリデイ特定ホテルで会おう、と約束していました。ドレッバーは、十一時までには戻ってくると言い残して、駅を出て行きました。

長いこと待っていた、その時がとうとう来ました。敵を手中に収めたのですからね。二人が一緒だと、互いにかばい合えますが、一人になればしめたものです。でも、わたしは軽はずみに動いたりはしませんでした。計画はすっかりできあがっていましたから。自分を襲ったのが誰か、何で自分に天罰が下るのか、それをあの悪党が充分理解できなけりゃ、復讐の意味がありません。わたしを苦しめてきた男に、昔の罪の報《むく》いが来たのだということを悟らせるように、計画を練《ね》っていました。何日か前に、たまたま、ブリグストン通りに空き家を見に行った紳士が、わたしの馬車に鍵を落としたのです。鍵は、その人がその晩取りに来たので返しましたが、その間に、わたしは型を取って、合鍵を作らせました。この鍵のおかげで、この大都会に少なくとも一ヶ所は、誰にも邪魔をされない場所を確保できたのです。あとは、どうやってドレッバーをこの家に連れて来るかが問題でした。

ドレッバーは、歩きながら、一、二軒のパブに立ち寄り、最後の店では三十分ばかり飲んでいました。店を出てきたときには、足元がふらつき、明らかにかなり酔っていました。奴は、ちょうどわたしの前に止まっていた辻馬車に声をかけました。わたしは、自分の馬の鼻先を、その辻馬車から一ヤード（九〇センチ）と離さず、ぴったりとくっついて後を追いました。二台の馬車は、ウォータールー橋を渡り、何マイルも通りを走って、なんと驚いたことに、奴がその日まで泊まっていたトーキー・テラスに戻るではありませんか。なぜ宿に戻ったのか見当もつきませんでしたが、とにかくわたしも後を追い、下宿から百ヤード（九〇メートル）くらいのところで馬車を停めたのです。奴は中に入り、辻馬車は走り去りました。すみませんが、水を一杯もらえませんか。話しているうちに、喉がからからになってしまいましたよ」

わたしがコップを手渡すと、ホープはそれを飲みほした。

「これで楽になりました。さて、わたしが十五分かそこら待っていると、突然、家の中で人が争う音が聞こえ、次の瞬間、扉が開いて男が二人飛び出してきたのです。一人はドレッバーで、もう一人は見たこともない若者でした。この若者はドレッバーのえり首をつかんだまま、石段の上まで来ると、体をぐいと押して、けとばしたものですから、ドレッバーは道の真ん中まで飛ばされてしまいました。『恥知らずめ！　純真な娘を侮辱《ぶじょく》すると、ただではすまないぞ！』若者は棍棒《こんぼう》を振りあげて、叫んでいました。ドレッバーを叩きのめさんばかりのたいへんな剣幕です。奴は、よろめきながらも必死の思いで逃げ出しました。そして、道の角まで来た時、私の馬車を見て、合図して飛び乗ると、『ハリデイ特定ホテルまで』と、言いました。

やつが馬車の中に入ってしまうと、わたしはうれしさのあまりどきどきして、今この瞬間にも、動脈瘤が破裂するのではないかと、怖くなったほどです。わたしはゆっくりと馬車を走らせながら、どうするのが一番いいか、あれこれと考えていました。このまま田舎に連れて行って、どこか人気のない道で最後の尋問《じんもん》をしてもいい。そうしようと決心しかけたとき、奴のほうから答を出してくれました。また酒が飲みたくなって、パブの前で馬車を停めさせたのです。あいつは、待っていてくれと言うと、中に入っていきました。そこで閉店まで飲み続け、出てきたときにはぐでんぐでんの状態だったので、これでもう勝負は完全にこっちのものだと思いました。

わたしには、残酷な殺し方をするつもりはありませんでした。たとえそうしたとしても、それはまったく当然の報いというものでしょうが、そうする気にはなれませんでした。それどころか、もし奴がそう望むなら、助かるチャンスを与えてもいいと考えていたくらいです。わたしは、アメリカで放浪生活をしていたころ、それこそいろいろな職につきましたが、ヨーク大学の実験室で用務員兼掃除夫をしていたことがあります。ある日、教授が毒物についての講義のとき、学生たちに、アルカロイドとかいうものを見せていました。南アメリカの現地人の毒矢から採ったもの(64)で、ごく微量《びりょう》でも人を即死させるほど毒性が強いということでした。わたしはその毒薬が入った瓶を覚えておき、誰もいなくなってから、ほんの少量だけ盗み出したのです。調合はお手のものだったので、このアルカロイド入りの水溶性《すいようせい》の丸薬《がんやく》をつくり、同時にこれとそっくりの毒を入れない丸薬もつくって、それぞれ一粒ずつを箱に入れました。いよいよの時がきたら、奴らにこの箱の中から一つを選ばせて、残りを自分が飲むつもりでした。この方法なら、銃口にハンカチを当てて撃つのと同じくらい確かで、しかもずっと静かです。その日から、私は丸薬の入った箱を肌身離さず持ち歩いていましたが、やっとそれを使える日がきたのです。

時刻は夜中の一時近くになっていました。どしゃぶりの雨に、横なぐりの風が吹き荒れる、冷たい晩でした。外の天候は最悪でした。私の心ははずんでいました。感激のあまり、叫び出したいほどでした。あなた方の誰でもいい、何か一つのことを目標に、二十年もの間ずっとそのことだけを思い続けてきて、突然それに手が届きそうになったという経験があれば、この気持ちはわかっていただけるでしょう。わたしは、気を静めようとして、葉巻に火をつけてふかしたものの、手は震え、興奮からこめかみがぴくぴく動いてしまいました。馬車を走らせていると、こうしてここでみなさんが見えるのと同じくらいはっきりと、暗闇からわたしを見て、微笑《ほほえ》みかけてくる、年老いたジョン・フェリアといとしいルーシーの姿が見えたのです。走っている間中、馬の両側に一人ずつついて、ブリクストン通りの空き家に着くまで、先導してくれました。

通りには人影もなく、降りしきる雨の音以外、何の音も聞こえません。馬車の窓を覗くと、ドレッバーは酔いつぶれ、座席に体を丸めて寝ていました。わたしは奴の腕をゆすり、『さあ、着きましたよ』と、声をかけました。

『ああ、わかった』と、奴は答えました。

奴は、てっきり自分が言ったホテルに着いたもんだと思っていたのでしょう。黙って馬車を降りると、わたしについて庭を歩いてきました。まだ、少しふらついていたため、脇から支えてやらねばなりませんでした。玄関まで来ると、わたしは扉を開け、奴を正面の部屋に引き入れました。誓《ちか》って言いますが、この間もずっと、殺された父親と娘がわたしたちを案内してくれたのです。

『ずいぶんと暗い部屋だな』奴はどしどしと歩き回りながら言いました。

わたしは、『すぐに明るくなりますよ』と言いながら、マッチをすり、持ってきたろうそくに火をともしました。そして、『さあ、イノック・ドレッバー』と言うと、さっと彼のほうに向き、自分の顔を照らしたのです。『俺が誰だかわかるな?』

奴は、とろんとした目でぼんやりとわたしの顔を見つめていましたが、しばらくすると、その顔にさっと恐怖の色が走り、顔中がぴくぴくとひきつってきました。わたしが誰かわかったようでした。真っ青になって後ずさりするやつの額からは、冷や汗が噴《ふ》き出し、歯ががたがたと鳴っていました。その姿を見て、わたしは扉にもたれ、大声で長々と笑ってやりました。復讐がどれほど快いものかは知っていましたが、これほどまでに心底満たされようとは思ってもみませんでした。

『おい、このやろう』と、わたしは言いました。『俺はソルトレーク・シティからペテルブルクまでおまえを追いかけてきたが、いつもまんまと逃げられてきた。だが、今度こそ逃がしはしないぞ。俺か、おまえか、どちらかが明日の日の出を拝《おが》めなくなるのさ』わたしがこう言っている間も、奴は縮み上がって後ずさりし、わたしのことを気が違っていると思っているようでした。確かにそのときは、そう見えたのでしょう。こめかみはどくどくと脈打ち、鼻血が噴き出して緊張を解いてくれなかったら、何かの発作を起こしていたことでしょう。

『ルーシー・フェリアのことを、今はどう思ってるんだ？』わたしは叫ぶと、扉の鍵《かぎ》をかけ、奴の鼻先にその鍵をちらつかせました。『天罰が下るのに少々手間取ったが、もう逃げられないぞ』わたしが話している間中、奴はおびえきって、唇を震わしていました。命乞いしそうなものでしたが、しても無駄だと思ったのでしょう。

『俺を殺すのか？』奴は口ごもりました。

『殺しはしない』と、わたしは答えました。『狂犬を殺してなんになる？　ルーシーの目の前で父親を殺し、彼女を破廉恥《はれんち》きわまる後宮に連れ去っておいて、おまえ、かわいそうなルーシーを哀れに思ったことがあるのか』

『父親を殺したのは俺じゃない』奴はすすり泣きました。

『だが、彼女の純真な心を引き裂いたのはおまえだ』思わず叫んで、わたしは奴の目

Geo. Hutchinson, F.sc

の前に箱を押し出したのです。『さあ、神の裁《さば》きだ。好きなほうを選んで飲め。死ぬか、生きるか、二つに一つだ。残りは、おれが飲む。この世に正義があるのか、それとも運がすべてなのか、試してみようじゃないか』

あいつは縮み上がって、わめき散らすやら、慈悲《じひ》を乞うやらでしたが、わたしがナイフを出して喉もとに押しつけたので、とうとう観念したように一粒選んで飲みました。わたしが残りを飲み込んで、二人はどちらが死ぬかを確かめようと、一分あまり、互いを見合って沈黙のまま立ちつくしていたのです。最初の激痛《げきつう》が走って、毒が体に回り始めたことを知ったあいつの表情を、わたしは死ぬまで忘れないでしょう。それを見て、わたしは笑いながら、ルーシーの結婚指輪を目の前に突きつけてやりました。アルカロイドの効き目が早かったので、それも一瞬のことでした。奴は苦痛で顔をゆがめ、腕を突き出してよろめいたかと思うと、絞《しぼ》り出すような声をあげ、どうと床に倒れ込みました。わたしは足でその体を仰向けにして、心臓に手を当ててみました。心臓はすでに止まっています。とうとう、奴は死んだのです！

この間も、わたしの鼻血はずっと流れ出ていましたが、わたしは気にも止めていませんでした。だから、なぜそのとき、その血で壁に文字を書こうと思いついたのか、今もってわかりません。たぶん、警察をからかってやろうといういたずら心からだったんでしょう。なにしろ、うれしくてうきうきしていましたから。昔、ニューヨークで殺されたドイツ人の死体の上に、RACHEという字が書かれていた事件があって、当時、新聞では、秘密結社のしわざに違いないと騒がれていたのを、思い出したのでしょう。ニューヨークの人たちがわからなかったのだから、ロンドンの人たちにだってわかるまいと、わたしは指に自分の血をつけて、壁の適当な場所にあの文字を書いたのです。それから、歩いて馬車に戻りましたが、外はまだ大荒れで、誰の姿も見かけませんでした。しばらく馬車を走らせてから、ルーシーの指輪を入れておいたポケットに手を入れてみると、指輪がないじゃありませんか。これにはわたしも仰天しました。あれが、ルーシーのたった一つの形見だったのです。ドレッバーの死体に屈み込んだとき落としたのかもしれないと思い、引き返して、横道に馬車を停めると、大胆にもあの家へと向かったのです。――あの指輪が見つかるなら、どんな危険をもいとわないつもりでした。空き家に着くと、ちょうど中から出てきた巡査と鉢合《はちあ》わせしそうになりましたが、ぐでんぐでんに酔ったふりをして、なんとか疑われずにすみました。

イノック・ドレッバーの最期はこんな具合です。次の仕事は、スタンガスンにも同じ天罰を下して、ジョン・フェリアの恨みを晴らすことでした。スタンガスンがハリデイ特定ホテルに泊まっているのは知っていましたから、一日中そのあたりをうろついて見張っていましたが、奴は姿を見せません。ドレッバーが姿を現わさないので、何かあったかと疑っているのかもしれないと思ったりもしました。スタンガスンは、悪知恵の働く奴で、いつも用心深く行動していました。しかし、わたしを避けようとして室内に閉じこもっても、そうはいきません。わたしは、すぐに、奴の部屋の窓を探し出し、翌日の朝早く、ホテルの裏の道に置いてあったはしごを使って、明け方の薄暗闇に包まれたその部屋に侵入したのです。わたしは奴をたたき起こし、はるか昔に奪った命を償《つぐな》う日が来たことを告げました。ドレッバーがどのように死んだかを教え、同じように丸薬を選ぶよう言いました。奴は、毒薬のないほうを選んで生き残る道を捨て、ベッドを飛び出すと、私の喉《のど》につかみかかったのです。私は自分を守るために、奴の心臓を一突きにしました。どっちにしても同じことだったでしょう。神は、奴の汚れた手に、必ず毒を選ばせたでしょうから。

これ以上はもう、何も言うことはありません。それにもう、疲れました。わたしは、それから一日、二日、アメリカに帰る旅費を稼ぐために、駆者《ぎょしゃ》の仕事を続けていました。駆者だまりにいると、ぼろを着た小僧が、『ジェファスン・ホープという駆者はいませんか、ベイカー街二二一Bの旦那《だんな》が馬車をお待ちです』と言うではありませんか。私が怪しみもせずにその場所に行くと、気がついたときには、こちらのお若い旦那に手錠をかけられていたというわけです。いやはや、まったくおみごとでしたよ。

もう、何もかもお話ししました。私を殺人者だと思われても結構。私自身は、みなさん同様の正義の士だと考えています」

　男の話はスリルに富んで、その語り口もいたく感動を呼んだため、わたしたちは、皆、静かに座って、話に聞き入った。犯罪の裏も表も知り尽《つ》くし、いささかうんざりという本職の警部でさえも、男の話には心底感動したようだった。話が終わっても、皆しばらくは黙ったままで、レストレイドが速記録の最後を書きしるす鉛筆の音だけが聞こえていた。

「もう一つだけ、聞きたいことがあるのだが」シャーロック・ホームズが口を開いた。「ぼくの出した新聞広告を見て、指輪を取りに来た君の仲間、あれはいったい何者です

か?」

ジェファスンはおどけてホームズにウインクした。「自分だけの秘密ならいくらでも話しますが、他人には迷惑をかけたくありません。あなたが出した広告を見て、罠《わな》かもしれないし、探していた指輪かもしれないと迷いました。そうしたら、友人が行って見てきてやるというのです。あの男はなかなか巧くやったとお感じでしょう?」

「いや、まったく、おみごとでした」

「では、みなさん」と、取調官がもったいぶった口調で言った。「法的な手続きに従わねばなりません。木曜日に、判事の取り調べがありますが、みなさんも必ずご出席願います。それまでは、わたしが責任をもって、容疑者の身柄を引き受けます」取調官がこう言ってベルを鳴らすと、二人の看守《かんしゅ》が現われて、ジェファスン・ホープを連れて行った。わたしとホームズは、警察署を出て、辻馬車を拾い、ベイカー街へと戻った。

第7章　結末

わたしたちは、木曜日の裁判に出廷するように言われていたが、その木曜日が来ても、証言する必要はなくなった。この事件はより高き裁判官の手に移り、ジェファスン・ホープは厳粛な裁きの場に召されたのである。逮捕されたその晩に、動脈瘤《どうみやくりゆう》が破裂して、翌朝、独房の床に倒れて死んでいるのが見つかった。死ぬ間際《まぎわ》に、有意義な人生と立派に成し遂《と》げた仕事を思い返していたのだろうか、その穏やかな顔には微笑《ほほえ》みが浮かんでいた。

「グレグスンもレストレイドも、ホープが死んで、大騒ぎだろうね」次の晩、事件について話していると、ホームズが言った。「これで、大手柄を宣伝する機会がなくなってしまったというわけだ」

「あの二人は、大した働きはしていないじゃないか」わたしは言った。

「実際に何をしたかが問題ではないのさ」ホームズは苦々しげに返した。「自分がどれほどよく働いたかということを、世間に信じさせることができるかどうかが、問題なのだよ。まあ、それはどうでもいいさ」彼は、ちょっと間をおいてから、気を取り直したようにこう続けた。「こういう事件の捜査を逃す手はないね。ぼくの記憶でも、これほどおもしろい事件は思い当たらないからね。単純だが、貴重な教訓がいくつもある事件だった」

「単純だって！」わたしは、思わず大声を出してしまった。

「そうさ。単純としか言えないよ」シャーロック・ホームズは、わたしの驚いた様子を見て、苦笑しながら言った。「事件そのものが単純だったという証拠には、二、三、常識的な推理をしただけで、たった三日で犯人を逮捕できたではないか」

「それはそうだね」

「いつかも話したように、異常なことというのは、普通、手がかりにこそなれ、障害にはならない。こういう事件を解決する際、大切なのは、さかのぼって推理する能力があるかどうかということなんだ。これは実に有益で、しかも簡単なことなのだが、実際にはあまり活用されてはいない。日常生活では、先へ先へと推理するほうがずっと役立つものだから、さかのぼり推理というのは軽視されがちでね。総合的推理をできる人が五十人いるとすると、分析的推理のできる人は、そのうちたった一人という割合だよ」

「正直言って、どうもよくわからないんだが」

「そうだろうと思ったよ。よくわかるように説明しよう。大抵の人は、事件の流れを説明されれば、結末を推理できるんだ。頭の中で、一つ一つの出来事を関連させ、そこから次に何が起きるかを予測するというわけだ。けれども、結果を聞いて、その結果がどういう経過を経て起こったかを論理的に推理できる人は、まず、ほとんどいない。この能力が、さっき話したさかのぼり推理、あるいは分析的推理というものなのだよ」

「そうだったのか」

「今回の事件は、結果だけははっきりしているが、あとは全部自分で推理しなければならなかった。ここで、ぼくがどういう段階を踏んで推理を進めたか、話してみようか。まず最初にやったことから話そう。君も知っているように、ぼくはあの家まで歩いて行った。何の先入観も持たないように、頭を白紙の状態にしてね。当然、道路から調べ始めたのだが、前に君に話したように、馬車のわだちがきれいに残っていた。

それが夜の間にできたものであることは、調べでわかった。その馬車は車輪の幅が狭いことから、自家用の馬車ではなくて、辻馬車[66]に違いないこともわかった。よくあるロンドンの辻馬車[65]は、ブルーム型の自家用馬車より、かなり幅が狭いだろ。これが、最初の収穫だ。次に、ぼくは庭の小道をゆっくりと歩いていった。庭の土は、都合のいいことに、非常に跡のつきやすい粘土《ねんど》質《しつ》だった。君には、単なる踏み荒らされた泥道にしか見えなかったろうが、熟練したぼくの目には、土の表面に残った足跡の一つ一つが貴重な証拠だったのさ。捜査学の分野で、足跡鑑定《かんてい》の技術ほど、重要なのに無視されているものはないね。幸い、ぼくは足跡鑑定を常に重視して、豊富な経験を積んできているから、これがいまや第二の天性になっているのさ。警官たちの深い靴跡に混じって、最初に庭を通った二人の男の足跡も残っていたのさ。ところどころが警官の靴で踏まれて完全に消えていたから、その二人のほうが前に来たことは、すぐにわかった。こうして、第二の手がかりができた。そこからわかったのは、夜ここへ来た男は、二人で、一人はかなり背が高く——これは歩幅から推定した——もう一人は、小さく上品な深靴《ふかぐつ》の跡から判断して、流行の服装をした男だろうと思った。

　家の中に入ってみて、この推理が正しいことを確信したね。その上品な深靴をはいた人物が、倒れていたのだから。そうなると、この男が殺されたのなら、背の高いほうの男が犯人ということになる。死体に傷はなかったが、顔面の恐怖に歪《ゆが》んだ表情から、自分が殺されるのを予知していたことがわかった。心臓の病気や突然の事故死なら、決してあんな歪んだ表情にはならない。死人の口の匂いをかいでみると、少し酸《す》っぱい臭いがしたので、毒をむりやり飲まされたという結論に達したわけだ。このことからも、さっき言ったように、死体に憎しみと恐怖の表情が浮かんでいたことがわかる。ぼくは消去法でこういう結論に達した。他の仮定は事実と合致しないから消去したのさ。そんな殺し方を聞いたことがないなどと、思ってはいないだろうね。むりやり毒を飲ませて殺すっていうのは、犯罪史上それほど珍しいことではない。毒物学者なら、誰でもすぐに、オデッサのドルスキー事件とか、モンペリエのルトリエ事件のことを思い出すだろう。

そこで、今度は、殺害の動機が大きな問題となったわけだ。盗まれたものはないのだから、強盗による殺人ではない。それでは、政治上の暗殺か、それとも女性関係のもつれだろうか？　これにはぼくも少々迷ったが、最初から女性関係のほうじゃないかとは思っていたのだ。政治上の暗殺なら、目的を果たしたら、すぐに逃げるよ。だが、今回の犯人はもっと手の込んだ殺し方をしているし、ずいぶん長いこと部屋にいたことを示すように、部屋中に痕跡を残している。こんな念の入った復讐の原因となると、政治上の問題などではなく、個人的な恨みとしか考えられない。壁に書かれた文字を見て、ますます自分の推理に自信を持ったね。壁の文字は、明らかに捜査の攪《かく》乱《らん》をねらったものだ。だが、指輪が見つかって、問題は一挙に解決した。犯人は、明らかに、その指輪を使って、被害者に、すでに死んだか行方知れずになっているある女性のことを思い出させようとしたのだ。そこで、ぼくは、クリーヴランドに電報を打って、ドレッバーの経歴に特筆すべき点はないか問い合わせてみたかと、グレグスンにたずねたのだ。君も覚えているように、彼は、問い合わせてはいないと答えた。

ぼくは、次に、部屋をじっくりと調べたのだが、ここでも背の高い男が犯人だという推理が証明された。さらに、その男はトリチノポリ葉巻を吸って、爪が長いこともわかった。争った跡がないことから、床に流れた血については、とうに、犯人が興奮のあまり鼻血を出したのだという結論に達していた。血の痕《あと》が、足跡と同じ方向についていたしね。かなり多血質な人間でないかぎり、興奮したくらいでこんなに鼻血が出ることはないから、犯人は、たぶん、たくましい体つきの赤ら顔の男だと、大胆な想像をしてみたのさ。結局、ぼくの判断が正しかったことがあとでわかった。

あの家を出てから、ぼくはグレグスンが怠《おこた》った仕事に手をつけた。クリーヴランドの警察署長に電報を打って、イノック・ドレッバーの婚姻関係に限って問い合わせてみた。答は決定的だった。ドレッバーは、ジェファスン・ホープという昔の恋がたきから身を守ってほしいと、警察に保護を願い出ていたことがわかったんだ。しかも、そのジェファスン・ホープなる人物はヨーロッパにいるという。この時点で、ぼくは、事件の鍵《かぎ》がすでに手中に入ったと確信した。残るは、犯人の逮捕だけだ。

ぼくには、ドレッバーと一緒にあの家に行った男が、辻馬車の馭者をしてきた人物だという確信があった。道に残ったわだちの跡から、馬があちこちと歩き回ったことがわかったのだが、馭者がついていればそういう動きをするはずがない。では、馭者はどこに行ったのか？　家の中に入ったとしか考えられないじゃあないか。さらに、頭の確かな男なら、自分を裏切るに違いない馭者という第三者を目の前にして、あれほど念の入った犯罪を行なうはずがない。最後に、ロンドンで誰かを追い回すなら、辻馬車の馭者ほど、おあつらえ向きの仕事はないだろう？　こう考えてくると、必然的に、ジェファスン・ホープを捜すには、ロンドンの辻馬車の馭者を調べればいいという結論になる。

ホープが馭者だったとしたら、犯行後に馭者をやめたとは信じがたい。反対に、彼のほうにしてみれば、突然やめたのでは目だつかもしれないと考えるのではないだろうか。たぶん、しばらくはそのまま馭者の仕事を続けるだろう。また、偽名《ぎめい》を使っているとも考えられない。誰にも名前を知られていない土地で、はたして偽名を使う必要があるだろうか？　そこで、ベイカー街支隊を組織して、ロンドン中の辻馬車屋をくまなく捜させたところ、めざす相手が捕まったというわけさ。支隊がどんなにすばらしい働きをして、その成果をぼくがいかに素早く利用したかは、君の記憶に新しいところだろう。スタンガスン殺害は、まったく予想外だったが、いずれにしても、避けることはできなかったろうね。あの事件のおかげで、殺害手段として使用されたと推測していた、あの丸薬を手に入れることができたのだ。すべては、論理の鎖《くさり》で完全につながっているだろう」

「いやあ、すばらしいね！　君の功績《こうせき》は世間にも認められるべきだよ。事件の記録を発表したまえ。君がしないのなら、ぼくが代わりに発表してもいい」

「まあ、君の好きなようにすればいいさ、ワトスン」と、ホームズは答えた。そして、「ほら、ここ、ここを読んでみたまえ！」と、私に新聞を渡しながら言った。

それはその日の「エコー」紙[67]で、ホームズが示した記事は、あの事件を扱ったものだった。

「イノック・ドレッバー氏とジョウゼフ・スタンガスン氏殺害の容疑者とされる、ホープなる人物の急死により、われわれはセンセーショナルな楽しみを一つ失うことになった。信頼できる筋によると、事件は遠い過去にさかのぼる恋愛沙汰に端《たん》を発したもので、モルモン教とも関係があるということだが、これで、事件の詳細は永遠の謎となるだろう。二人の犠牲者は、ともに、青年時代にモルモン教徒だったということだが、死亡した容疑者のホープもソルトレーク・シティの出身であった。事件の詳細

Geo Hutchinson. Sc. 91.

がこれ以上明らかにはならないにしても、少なくとも、今回の事件で、わが国の警察力の優秀さに注目を集める結果となった。また、外国人に対しては、積もる恨みは英国に持ち込まずに自国で解決するほうが賢明だという教訓を残した。この迅速《じんそく》な逮捕劇が、かの有名なスコットランド・ヤードの警部、レストレイドとグレグスン両氏の功績によることは、公然の秘密である。犯人はシャーロック・ホームズ氏なる人物の部屋で逮捕された模様である。氏は素人探偵として、多少の才能を発揮して捜査に協力したというから、レストレイド、グレグスン両警部の指導があれば、いつの日か、両氏のような捜査術をある程度まで身につけることができるであろう。両氏には、今回の功績をたたえて、何らかの表彰が贈られることになっている」

「どうだね、初めにぼくが言ったとおりだろう?」シャーロック・ホームズは大声で笑いながら言った。「われらが『緋色《ひいろ》の習作』は、両警部に表彰状をさしあげて一件落着さ!」

「ご心配なく」と、わたしは答えた。「事件のことは全部日記に書いてあるから、そのうちに発表するよ。それまでは、『世の人はわたしをあざ笑うが、わたしは家で金貨を眺めて、喜びとする[68]』と言った、あのローマの守銭奴《しゅせんど》のように、自分の成功に自己満足しておくのだね」

注・解説・年譜

オーウェン・ダドリー・エドワーズ（高田寛訳）

《緋色の習作》注

⇩本文該当ページを示す

《緋色の習作》は、一八八七年十一月に発売された、『ビートンのクリスマス年刊』誌一八八七年版に掲載された。《緋色の習作》は、この雑誌の目玉の読み物で、このほかには素人芝居のための戯曲――R・アンドレ作の客間用の小喜劇である「白粉の糧」、C・J・ハミルトン作の客間の滑稽劇である「四つ葉のシャムロック」、など――が掲載されていた。アンドレは、主として画家として活躍した人で、ハミルトン女史と共に『ビートンのクリスマス年刊』誌の常連寄稿家だった。

英国における単行本としての初版本は、ワード・ロック社から一八八八年七月二日から十六日の間に出版された本である。

なお、当注ではいくつかの項目において、小林・東山による注を追加し、〔 〕で示した。

1　医学士号を取得

アーサー・コナン・ドイルが、一八八五年に医学博士号を取得したように、ワトスンも医学の新たな分野を開拓する論文を書いて、学位を取ったのである。ワトスンがロンドン大学――寄宿制をとらず、多数のカレッジを擁する総合大学――で学位を取得した、といってもそれは必ずしも彼がロンドンで、学位を取るための勉強をしていたことにはならない。しかしワトスンが、少なくとも学位論文を書いている間は、ロンドン大学と密接な関係にあったセント・バーソロミュー病院に、研修医として勤務していたことは明らかである。一八七八年までに、ロンドンは英国において、医学界を引っ張っていくメディカル・センターの地位を確立した。これより前に英国の医学界の中心地であったエディンバラは、消毒学の偉大な先駆者でもあった、臨床科学教授のジョウゼフ・リスター（一八二七～一九一二）が一八七七年にロンドンへ行くことをおしとどめることができず、ロンドンにその地位を譲ることになったのである。コナン・ドイル自作のパロディ『野外バザー』（本全集第6巻『シャーロック・ホームズの帰還』参照のこと）で、ホームズはワトスンがほとんどの英国の一般開業医と同様に、内科学士と外科学士の学士号しか取得していないから、正しくは「ワトスン博士」と呼ばれる資格はない、と断言している。コナン・ドイルが医学博士号を取得したのは、彼が二十六歳のときであったから、我々はコナン・ドイルがワトスンを、一八五二年生まれの人物と考えていた、と推定することが可能であろう。

⇩15

2　ネットリー陸軍病院

サザンプトンから三マイル、ネットリーにある王立ヴィクトリア陸軍病院のこと。英国における代表的陸軍病院となり、同時に陸軍の医療施設に勤務する男性・女性職員の主要な養成所となった。⇩15

3　マイワンドの激戦

マイワンドの戦いは、一八八〇年七月二十七日に起きた。⇩16

4　ジーザイル弾

アフガン兵士の重くて長い銃から発射された銃弾で、その銃創は雑菌で化膿しやすい。というのは、この銃創は古釘や潰れた銀貨等を材料とし、稚拙な方法で作られた銃弾だったからである。⇩16

5　肩を撃たれた

《四つのサイン》でワトスンは、次のように述べている。「……負傷した脚をいたわりながら黙って座っていた。しばらく前にジーザイル弾で打ち抜かれて、べつに歩けないことはないのだが、いまだに天候の変わるたびに傷がうずくのだった。」（第一章）最初は肩の負傷のほうが重かったようだが、後遺症が残ったのは脚の負傷だったのだろう。⇩16

6　鎖骨下動脈
首のつけねにある太い動脈。 ⇩16

7　衛生兵（orderly）
ワトスンの従卒（batman）のことだろう。 ⇩16

8　マレイ
アーサー・コナン・ドイルはこの名前を、チャレンジャー号探検隊に加わっていたサー・ジョン・マレイ（一八四一～一九一四）から採ったものと思われる。 ⇩16

9　腸熱
腸チフスによる発熱を指す。 ⇩16

10　クライテリオン・バー
クライテリオン・レストランは宿泊施設、劇場、そしてアメリカン・バー（言い換えれば細長い、一般のパブのサルーンのような）を備えていて、一八七三年に建てられた。そのため生粋のロンドンっ子よりも、ロンドンを訪れる旅行者にとって、格好の名所であっ

た。このレストランは、ピカデリー・サーカスにあった。 ⇩17

11 セント・バーソロミュー病院

セント・バーソロミュー病院は、シティ・オブ・ロンドンのウエスト・スミスフィールドにある。この病院は、道化師でセント・ポール寺院の聖職者でもあったレイヒア（一一四四年没）の夢枕に、聖バーソロミューが現われた後〔彼の病が快癒したのに感謝して〕一一二三年頃に創建された。 ⇩17

12 わたしの手術助手（dresser）

“dresser”とは、患者の傷の手当を本務とする、医学生のことを言う。 ⇩17

13 辻馬車《ハンサム》

考案者のジョセフ・アイロシャス・ハンサム（一八〇三～八二）の名前をとった、一頭立ての二輪馬車。 ⇩17

14 最新の植物性アルカロイド

一番新しく発見された、ストリキニーネやニコチンも含まれる物質群の意。（注64を参照のこと） ⇩20

15　レトルト
実験室での実験の際、液体を熱するために用いられるガラス製の容器。

⇩21

16　ブンゼン灯
ロバート・ウィルヘルム・ブンゼン（一八一一～九九）が発明した、実験用のガスバーナー。

⇩21

17　ピペット
細い円筒状の実験容器。

⇩22

18　マホガニー色（a dull mahogany colour）
よく磨かれて、光沢のある赤味がかった茶色をした、家具の色。

⇩22

19　古いグアヤック・チンキ検査法
血痕に、グアヤック樹脂を一定の割合で溶かした溶液を付着させると、血痕は青く変色する。

⇩22

20 シャーロック・ホームズ検出法

「このシャーロック・ホームズ検査法が、その後一般の事件でも、またホームズ自身が扱った事件においても、一度も言及がないというのは奇妙である。あるいは追試を行なってみたところ、この検査法はホームズが当初予想していたほどの、普遍的な効力を示さないことが明らかになったので（ホームズが、スタンフォードとワトスンの二人連れのところに駆け寄ってきたのは、何と言ってもこの検査法がヘモグロビンに反応し、またヘモグロビン以外の物質には決して反応しない、ということだったのだから）、ホームズはその後この検査法については、何も言わなかったのかもしれない」（マーチン・デイキン著『注解シャーロック・ホームズ』一二頁）

⇩24

21 シップスのタバコ

水兵達の好んだ強いタバコの一種。

⇩25

22 体内にブルドッグを体内にブルドッグの小犬をかかえているような（I keep a bull pup）癇癪持ちですブルドッグとは、大口径で銃身の短いリヴォルバー拳銃を指していた。〔突然「ピストルを持っている」と言うのは唐突であり、これを邦訳では採用しなかった〕

⇩26

23 『人間のなすべき研究は人間である』

出典は「これからは汝自身を知れ、神を詳細に知ろうとすることなかれ。人間のなすべき研究は人間である」（アレキサンダー・ポープ――一六八八～一七四四――『人間論』第二書簡第一行～第二行）である。

⇩27

24　ベイカー街二二一Bの部屋

当時のベイカー街には、二二一も、二二一Bというハウス・ナンバーも、共に実在していなかったというのはあまりにも有名である。〔当時のベイカー街はハウス・ナンバーも八四番までしかなかった〕

⇩29

25　ベラドンナ

西洋ハシリドコロの草から抽出される毒薬。《瀕死の探偵》（『最後の挨拶』所収）でホームズは、自分が瀕死の状態であるとの印象をワトスンに与えるために、ベラドンナを点眼している。〔点眼すると瞳孔が大きくなり、美人に見えるところからベラドンナ（美人）という名がつけられた〕

⇩34

26　アヘン

すべての探偵にとって、アヘンの知識は不可欠のものと考えられたであろう。〔ケシの樹液を乾燥させた麻薬。《唇の捩れた男》でホームズはアヘン窟でアヘンを吸っていたが、アヘンを始めたわけではないと否定している。《白銀号事件》では、アヘンを眠り薬として悪用した男が登場する。当時は、まだアヘンが麻薬として取り締まられていなかった」
⇩
34

27 棒術
二人の男が専用の棒を使って戦う格闘技。
⇩
34

28 メンデルスゾーンの歌曲
フェリックス・メンデルスゾーン・バルトルディ（一八〇九～四七）の、うっとりするほどロマンティックな『無言歌』を指す。
⇩
35

29 下宿の女主人
《緋色の習作》ではまだ名前が出てこないが、ハドスン夫人——《ボヘミアの醜聞》（『シャーロック・ホームズの冒険』所収）では、ターナー夫人と呼ばれている——である。
⇩
36

30 地下鉄の三等車
当時のロンドンの地下鉄は、普通の鉄道同様に三等級に分かれた客車——社会の上流・

中流・下層の階級に合わせたものと推測される——をつないで走っていた。　⇩39

31　諮問《しもん》探偵（consulting detective）

ブライアン・チャールズ・ウォーラーは、諮問病理学者（consulting pathologist）と自称していた。そして大学の病理学者達の間で、議論の収拾がつかなくなったり、決定を下すことが不可能となった問題が、自分のところに持ち込まれるのを誇りにしていた。　⇩39

32　クレモナのヴァイオリンの話、ストラディヴァリウスとアマティの違いについて

クレモナのアマティ家は、アンドレア・アマティ（一五二〇〜六〇頃）を始祖とする、ヴァイオリン作りの職人の家系であった。始祖のアンドレア製作のラベルが付いたヴァイオリンの最も古いものは、一五六四年のものである。彼は今日のヴァイオリンの原型を築いた。彼のヴァイオリン製作の技術は、彼の兄弟のニコラ・アマティ（一五三〇〜一六〇〇）、息子のアントニオ（一五五〇〜一六三八）、ジェロニモ（一五五一〜一六三五）と受け継がれていった。ジェロニモの息子のニコロ（一五九六〜一六八四）の弟子の一人が、アントニオ・ストラディヴァリ（一六四四〜一七三七）だった。アーサー・コナン・ドイルは元々は、ホームズにアマティのヴァイオリンを持たせるつもりだったが、ストラディヴァリウスに変えたのは、そのほうが気が利いているからであったのは明らかである（『シャーロック・ホームズの思い出』所収の《ボール箱》参照）。　⇩50

33 家事室
食器洗い場や食料貯蔵室、バスルームなどを指す。 ⇩53

34 ユトレヒトで起きたファン・ヤンセン殺しの事件
ユトレヒトには、極めて厳格な教義と戒律を持った、ローマ・カトリックの一派であったヤンセン主義を奉ずる人達がいた。 ⇩55

35 アルバート型の金鎖
ドレッバーはまたも大枚をはたいて、英国でも一番派手な、重い鎖でできた時計用の鎖——ヴィクトリア女王の夫君であったアルバート殿下（一八一九〜六一）の名前に結びつけられて考えられている——を求めたのだろう。 ⇩57

36 フリーメーソンの紋章入りの金の指輪
モルモン教徒の中にはフリーメーソンに属している者もいた。 ⇩57

37 ボッカチオの『デカメロン』のポケット版
ジョバンニ・ボッカチオ（一三一三〜七五）が、長い年月にわたって書かれたみだらな

物語を、一三四九年から一三五一年にかけてのごく短期間にまとめ上げた本で有名である。 ⇩57

38 トリチノポリ葉巻

インドのティルチパラリ地方で栽培されている、黒っぽいインド煙草の葉で巻かれた、両切りの黒っぽい葉巻。 ⇩63

39 ノーマン・ネルーダ夫人のヴァイオリンを聴きにハレの演奏会へ行きたい

カール・ハレ（後にはサー・チャールズ・ハレ、一八一九～九五）はドイツのウェストファリア地方出身のピアニスト・指揮者で、一八四八年にマンチェスターに移住し、一八五七年マンチェスターに彼の管弦楽団を創設した。ノーマン・ネルーダはチェコのモラビア地方出身で、僅か七歳にしてウィーンで初めての演奏会を行ない、その輝かしい経歴のスタートを切った。ハレとは結婚する二十年前から、演奏会で共演を続けてきた。彼女もまた、ストラディヴァリウスの所有者であり（一八七六年以降）、演奏会では常にストラディヴァリウスを用いた。 ⇩69

40 ホワイト・ハート・パブ

ホワイト・ハート〔白鹿の意〕とは、英国のパブの名前として、伝統的な名前である。

⇩70

41 ジン・ホット

一杯四ペンスで売られていた、熱いジン。

⇩71

42 人生という無色の糸かせ

《緋色の習作》には、もともと「もつれた糸かせ」という題が考えられていた。

⇩76

43 ダーウィンが音楽について何て言ったか覚えているかい?

チャールズ・ダーウィン(一八〇九〜八二)は、エディンバラ大学医学部で学んでいたが、実習で手術をすることに恐れをなして、エディンバラから逃げ出し、そして博物学者になった。

⇩81

44 ローランド

ローランドは今日のベルギーである。

⇩84

45 チャールズ国王

チャールズ一世(一六〇〇〜四九)のこと。

⇩84

46　ユニオン汽船

ユニオン・ラインの船は、南アフリカ航路を行き来していた。

↓85

47　アンリ・ミュルジェの『ラ・ボエーム』

アンリ・ミュルジェ（一八二二〜六一）は、自らの窮乏生活や冒険を『ラ・ボエーム』（一八四八年）に書き綴り、一八九六年には別々の作曲家の手によってオペラになった。

↓88

48　「デイリー・テレグラフ」紙

「デイリー・テレグラフ」は一八五五年に創刊された。テレグラフ紙は何よりも「報道紙」としての特色が濃く、またニュースを獲得するために、どんなことでも、ややもすれば興味本位なことでもニュースとして扱った。

↓93

49　トファナ水（aqua tofana）

〝aqua〟はラテン語で「水」の意である。トファナはシチリア島の女性であるとされているが、恐らくは架空の存在だろう。

↓94

50 炭焼き党《カルボナリ》

カルボナリ〔炭焼き党〕とは、イタリアに実在した秘密組織で、構成員が貧しい炭焼き人に扮して活動したことから、こう名乗るようになった。十九世紀初頭には、自由主義的な、また社会改革的な行動原則を持って活動していたが、後には支部の一つが《赤い輪》（『最後の挨拶』所収）の話の基になるような、用心棒代稼ぎを目的にする組織へと変貌した。

⇩94

51 マルサスの人口論

トーマス・ロバート・マルサス師（一七六六〜一八三四）は、『人口論』（一七九八年）において、人口は等比数列的に増加する一方、食料の供給は等差数列的にしか増加せず、故に全ての者が飢餓に襲われるのを防ぐためには、人口の抑制を図らなければならないと論じている。

⇩94

52 ラトクリフ街殺人事件

ラトクリフ・ハイウェイは、ロンドンのドックランドにある通りであり、後にセント・ジョージ街と改名された。この通りで一八一一年十二月〔原文には〝一九一一年〟とあるが、明らかに誤植なので訂正した〕連続殺人事件が起こる。

⇩94

53 「スタンダード」紙

「スタンダード」は一八二七年、日刊紙として創刊された。一八五七年に朝刊紙となり、五九年にはイヴニング・スタンダードを発刊した。 ⇩94

54 ユーストン駅

ユーストン駅はロンドンで一番古いターミナル駅。 ⇩94

55 「デイリー・ニューズ」紙

「デイリー・ニューズ」は一八四五年、チャールズ・ディケンズ（一八一二〜七〇）によって創刊され、（一九三〇年に）ニュース・クロニクル紙に併合されて廃刊になるまで、自由党支持の新聞であった（一方、ニュース・クロニクル紙は、一九六〇年まで存続した）。 ⇩95

56 刑事警察ベイカー街支隊

この呼び方では、警察が実際に街の子ども達を雇って、使っていると思われるかもしれないと考えてか、《四つのサイン》では「ベイカー街遊撃隊」と名前を変えて登場している。 ⇩96

57 雑役夫（ブーツ）
雑役夫（ブーツ）は普通は少年であるが、ときには大人が務めることもある。 ⇩113

58 ミズーリの川
ミズーリ川はセント・ルイスの近くで、ミシシッピ川に合流している。 ⇩138

59 天使メロナ
モルモン教徒達が崇めていた天使の名前は、実際にはモロニといった。 ⇩144

60 セントルイス
セントルイスはミズーリ州（一八二一年に州として成立した）の主要都市で、一八五〇年当時の人口は七万八千人だった。一八五〇年代、この町は無法者の町として悪名を轟かせていた。 ⇩156

61 四大長老の神聖会議
実際にはこのような会議は存在しない。アーサー・コナン・ドイルがどこからこうした設定を得たのかは、依然としてはっきりしていない。 ⇩168

62 電報

電報は、サムエル・フィンリー・ブレッセ・モールス（一七九一～一八七二）が発明した。最初の電文は一八四四年五月二十四日、モールス自身が打った「神ハ何ヲ為シ給ウヤ」というものであった。

⇩170

63 大動脈瘤

人体を走る血管のうち、最も太くて長い大動脈の一部が拡張膨隆した状態。動脈の血管壁が弱くなることで起きる。

⇩208

64 南アメリカの現地人の毒矢から採ったもの

クラーレのことである。しかし、研究家達がこれまで指摘してきたように、クラーレは注射されるか皮膚の傷口から吸収されない限りは、毒薬としての効果はない。

⇩215

65 ロンドンの辻馬車（growler）

“growler”とは、四輪辻馬車のことである。

⇩228

66 ブルーム型の自家用馬車

一頭立てで二輪、または四輪の箱馬車である。

⇩228

67　「エコー」紙

「エコー」紙は半ペニーの夕刊紙（一八六八〜一九〇五）で、当時はスコットランド生まれのアメリカの鉄鋼王アンドリュー・カーネギー（一八三五〜一九一九）と、サンダーランド選出の自由党の下院議員だったサミュエル・ストーレイ（一八四一〜一九二五）が社主であった。

⇩232

68　『世の人はわたしをあざ笑うが、わたしは家で金貨を眺めて、喜びとする』

この一節は、クワンタス・ホラティウス・フラッカスの『第一風刺詩』第二巻六十六行から六十七行を引用したものである〔原文では、ラテン語の原詩が引用されている〕。

⇩234

解説

I

まず最初に／積み込むこと／たっぷり蓄えて／さあ出発だ
発表することを／考えよう／空船では／航海は無益だ
（コナン・ドイル作「若き作家への忠告」『路上の歌』（一九一一年）所収）

《緋色の習作》は、アーサー・コナン・ドイルの最初に出版された小説で、一八八七年の『ビートンのクリスマス年刊』誌に掲載された。この後、『ビートンのクリスマス年刊』誌の出版元のワード・ロック社から、一八八八年七月に単行本として出版された。しかし、コナン・ドイルがこの物語を書き上げたのは、少なくともこれより十八ヶ月以前のはずである。というのは、ワード・ロック社に採用される以前に、コナン・ドイルは《緋色の習作》の原稿を、当時『コーンヒル・マガジン』誌の編集長であった、ジェームズ・ペイン

（一八三〇～九八）に送っているからである。そしてペインは、《緋色の習作》の採用を断ったのだが、その断りの手紙の日付は、一八八六年五月七日付であり、また文面には「貴下の玉稿を不当に長い間、御預かりして居りました」とあるからである。

即ち、あらゆる時代を通じて最も有名な、文学上の登場人物であるシャーロック・ホームズとワトスン医師の二人は、作者が弱冠二十五歳の時に登場したのである。二人と共に登場したベイカー街の下宿、そして物語に描かれているロンドンの迫真性は、アーサー・コナン・ドイルの知っていた、エディンバラの様々な情景を引き伸ばしたものを基盤としていた。というのは、当時ポーツマスのサウスシー在住の若い医者であったアーサー・コナン・ドイルは、ロンドンについて知るところはごく僅かだったからである。彼が初めてロンドンの住人となったのは、一八九一年一月、つまり最初のシャーロック・ホームズの短編小説の連載が、「ストランド・マガジン」誌で始まった年のことであった。『シャーロック・ホームズの冒険』を読み終えてから、『緋色の習作』を読んで、そこに描かれているロンドンの一番深い基盤の部分に――重ね書きをされているが――エディンバラ、バーミンガム、プリマス、そしてサウスシーの存在があることに気づく者は稀である。しかしながら、アーサー・コナン・ドイルも自らの作品の中で、ロンドンを描くに当たってはー―同じエディンバラ出身の先輩作家であった、ロバート・ルイス・スティーブンスン（一八五〇～九四）のように――かつて自分が過ごしたことのある場所の様々な要素を組み合わせて描いていったのである。《緋色の習作》当時のホームズもワトスンも、そしてレストレイドですら、実際のところはジキル博士同様、エディンバラからロンドンへ上京して来た、お上りさんの域を出ていなかった。と言うのは作者であるアーサー・コナン・ドイル自身が、未だロンドンで暮らした経験がなかったからである。ロンドンに精通することが、ロンドンに対する侮蔑の念を育む結果となる、とは限らないだろう。しかしアーサー・コナン・ドイルの場合は、ロンドンに精通することで、ロンドンに対する感覚からみずみずしさや活力を殺ぐ結果になったかもしれない。シャーロック・ホームズが、自らの世界でのロンドンを知っていたのは、第一にアーサー・コナン・ドイルが現実のロンドンを知らなかったからである。

しかし《緋色の習作》は、同時にコナン・ドイルの最初の歴史小説でもあった。ここでは、一八四七年から一八六〇年までのモルモン教徒達が、小説の舞台に設定されている。コナン・ドイルが描いたブリガム・ヤングの人物像は、ジョアクィン・（シンシナトゥス・ヒナー・）ミラー（一八三九～一九一三）が、モルモン教を題材に取り上げた芝居――聖書からの引用がふんだんに盛られている――である『シエラ山中のダナイト団』（一八八一年）に共通する部分がある。この芝居の基になった、ミラーの小説『シエラ山中の最初の移住者達』を、コナン・ドイルが知っていたかどうかは不明である。しかし、彼はミラーが題材に取り上げた、教団のことは知っていた。サウスシー在住の若い医者がいかに熱心に、ブリガム・ヤングの実際の言葉を噛みしめたか、想像にかたくない。コナン・ドイルの描いたブリガム・ヤング像は、英国におけるイエズス会派、あるいはスコットランドにおけるカルヴァン派の信者像に依るところが大きいのは事実である。しかしそれでも、彼の描く歴史上の人物としては独創性があった。彼の筆致には迫力があった。モーセのような人物としての皮肉、訓戒、そして怒り、いずれも素晴らしい描写である。幾多の欠点を内包してはいるが、その筆致の凝縮ぶりと簡潔さの点で、コナン・ドイルの歴史小説の登場人物のうち筆頭に挙げるべき価値を有する『ジェラール准将物語』に登場するナポレオンの描写へ至る、最初のスケッチという点で価値がある。

ブリガム・ヤングの先駆者に当たるような人物は、コナン・ドイルの作品中に見当たらない。しかし、ホームズとワトスンには、先駆者ともいうべき登場人物がいる。これはコナン・ドイル自身が、終始一貫してホームズとワトスンを、そして二人の登場する作品を、自分の作品の中では価値の低いものと見なしていたことと、何かつながりがあるのかもしれない。コナン・ドイルは自分の胸の内では、ホームズとワトスンを子供じみた、またごく安易に創造し得た登場人物であると考えていた。それでもホームズとワトスンは、力強い登場人物として描かれ、一見そうは見えないが大変な労苦の末に産み出されたのであった。二人はコナン・ドイルのペンによって、文学の世界では二人の出現前に誕生していた、輝かしい幾多の登場人物達と、実在したモデルとなった人物達（一例を挙げると、コナン・ドイルのストーニーハースト時代の友人に、ジェームズ・ポール・エミール・ライアン（一八六〇〜一九二〇）がいる。彼の献身ぶりは、ワトスンのホームズに対する関係に反映されている）から紡ぎ出されたのであった。

ストーニーハースト、もしくはフェルトキルヒで過ごした時代に、コナン・ドイルはサー・ウォルター・スコット、そしてエドガー・アラン・ポーの作品の魅力を発見した。と同時に、ボズウェルの『ジョンソン博士伝』に対する、終生変わらぬ愛着もこの頃からと考えられる。スコットはドイルにワトスンを、ポーはホームズを、そしてボズウェルはホームズとワトスンの関係の輪郭を与えた。この他にも、コナン・ドイルに影響を及ぼしたものは多数存在するだろうが、そのうちのある部分については永遠にわからぬかもしれない。《緋色の習作》では、ホームズは「計算機械」のような人物として描かれている。それが（『シャーロック・ホームズの事件簿』所収の）《覆面の下宿人》では、聴罪師のように振る舞っている。一方、ユーモア精神に欠けていると思われていたワトスンは、《四つのサイン》では彼自身とホームズが逮捕される可能性について、冷笑的に見積りを行なっている（『四つのサイン』第8章参照）。また《バスカヴィル家の犬》では、訴訟マニアの男が新石器時代の古墳を近親者の承諾も得ずに発掘したかどで、考古学者を告訴する公算を計算している（『バスカヴィル家の犬』第8章参照）。さらに《恐怖の谷》では、ホームズにまんまと一杯喰わせる茶目っ気も披露している。このような、ホームズとワトスンの設定における矛盾は、実は《緋色の習作》の時点から存在していた。ホームズは、計算機械のような人物像を確立するのとほぼ同時に、ノーマン＝ネルーダのヴァイオリン演奏をあれこれ予想して、ヒバリのように旋律を口ずさんだり、十七世紀の書誌について思いを馳せたりしているのである。

ワトスンの人間像の中心には、コナン・ドイルがスコットの作品から最も大きく影響を受けたものがある。それは、スコット特有の歴史の見方である。スコットの歴史小説に登場する脇役達は、主人公達への批判や不充分な共感といったものを全て拭い去る、露払い役を務めている。スコットの歴史小説を範として、コナン・ドイルが歴史小説（『マイカ・クラーク』）を書こうと、自分の考えを体系化している時期に、《緋色の習作》は書かれている。作品の中にも、それを示すものが随所に見られる。ホームズの傲慢さとその専門家気質に、ワトスンは時に様々な反発を感じ、かつ心をひかれ、またホームズの思いもよらない手法に魅了される。

スコットの作品からは、コナン・ドイルはこの他にも影響を受けていた。『魔法の扉を通って』で、彼は次のように書いている。「スコットランド出身の者にとって、スコットランド人の生活と気質を扱った小説は、スコットランド人の民族としての美点が描かれていて、扱いもまた違ってくる。『オールド・モータリティ』、『古物商』、『ロブ・ロイ』といった作品には、スコットランドの豊かなユーモアの感覚に富んでいて、他の本とは格が違う。スコットが描くスコットランド人の老婆達は、彼が描いた人物像としては兵士達の次に優れたものである」。《緋色の習作》にも、シャーロック・ホームズの鼻を、見事にあかした老婆が登場する。鮮やかな、かつ珍妙な手口――くだんの老婆が、実は若い男優の女装だったという笑い話――にホームズは笑い声を上げ、自らの人間性を披露するのであった。スコット同様、コナン・ドイルも悲劇を書き込んでいく際、喜劇的小事件の挿入が、非常に効果的であることを熟知していたのである。

一方ポーの作品は、また違った種類の刺激をコナン・ドイルに与えた。即ち、短編小説の巨匠として、である。やがてコナン・ドイルは、ポーがどこで自分の流儀を確立したか、不思議に思うようになった。「ポーの最上の出来の作品には、黒玉から切り出したかのような、独特のほの暗い荘厳さが漂っている」。しかしコナン・ドイルはポーを、自分よりも上の存在であると考えていた。ドイルはポーが手をつけなかった領域を、何としてでも自分の力で満たそうとしていた。「科学的思考や科学的方法といったものは——たとえそれが実際の科学的研究とは大いにかけ離れていたとしても——文学作品（どのような分野であっても）の中で用いられると、ごく些細なものであっても大変に魅力的である。例えばポーの作品も——実際には起こりうる事件ではないのだが——その面白さは、作品で用いられているこうしたものの効果によるところが大きい」。こうしてデュパンの方法に、より科学的な基礎を築こうとするコナン・ドイルの試みが、シャーロック・ホームズを生んだのである。

ボズウェルの『ジョンソン博士伝』に関しては、コナン・ドイルの立場は一般的なものだった。しかし彼の見解は、独自性に富んだものであった。『魔法の扉を通って』を読むと、ホームズがワトスンに対してどのような気持ちを抱いていたか、得るところがあろう。

「もしボズウェルがいなかったら、彼の偉大なる友人について、我々がどれだけのことを知りえたであろうか。ボズウェルはスコットランド人の持つ粘り強さで、自らが崇拝する人物に対する尊敬の念を、世界中に広めることに成功した。ボズウェルが、ジョンソン博士を尊敬していたのは、ごく自然のなりゆきであった。ジョンソンとボズウェルの人間関係は、たいへん気持ちのいいものであって、互いに全幅の信頼を相手に置いていた。（中略）ボズウェルが伝記作者として抜きんでているのは、読者が知りたいと思う瑣末な事象を語っているからである。対象になった人物の、人間性が微塵も伝わってこない伝記の類いが、いかに多いことか。『ジョンソン博士伝』は、そんなことはない。読者の目の前に、ジョンソン博士が蘇ってくるのである」

デュパンが単にポーの創作上の人物にとどまっているのに対し、ホームズが本当に生きている人物と言いうるほどの迫真性を備えているのはなぜか。この疑問に対して、コナン・ドイルの最上の解答がここにある。ホームズが、最初の短編小説（『シャーロック・ホームズの冒険』所収の《ボヘミアの醜聞》）で「ぼくのボズウェルがいてくれないと、お手上げだからね」と語っているのは、正鵠を得ているのである。かくしてホームズは蘇るのである――であるからこそ、ホームズは全く実在しない架空の人物である、という事実に納得できない人々が大勢いるのである。

しかし、コナン・ドイルが最初に創作した、ホームズとワトスンのような組み合わせの二人が登場する作品は、ドイルのスコットやポー、あるいはボズウェルの作品に対する愛着とは別のものを具体化している。スコットランド国立図書館所蔵の直筆原稿で、四七九一の番号を与えられているコナン・ドイルの原稿が、『ブラックウッド文書』——出版社がその存在を知らぬまま、一世紀近くもの間保存してきた原稿の総称——の中に存在する。この作品には『ゴアズソープの幽霊屋敷』という題がつけられている。

「ゴアズソープ」とは、「流血の村」の意味である。コナン・ドイルの脳裏には、この名前が常にあったと考えられる。この数年後、彼は幽霊の登場する小説を風刺した、「幽霊選び—ゴアズソープ屋敷の幽霊」という短編を書いている（『コナン・ドイル未紹介作品集』所収）。しかし『ゴアズソープの幽霊屋敷』には、笑いを取ろうと意図された部分はない。若かりし書き手は、ここで恐怖の物語を展開するのである。幽霊となって現われるのはゴッドフリー・マースデンという人物である。彼の亡霊の出現は、ジョブ・ガーストンを恐怖のどん底へ叩き込んだ。そして当然のことながら、トム・ホールトンと彼の友人で物語の語り手でもあるジャックが、この事件を調べるのである。ジャックは、地主階級に属する者としては、少し妙なところもあって読者を困惑させるのであるが、とにかく不動産を有する人物であって、かつては医者でもあったこともある人物である。一方トムは、「立派な亡霊」という概念を追求している熱心なゴースト・ハンターである。ジャックは亡霊の実在には懐疑的であり、彼の家の泊り客はそれについて強く抗議する。

最後には彼らは幽霊を発見する。この幽霊は生前は殺人者で、恐れをなして、別の幽霊から逃れようとしていた。別の幽霊の正体は、彼が殺害した自分の妻であった。この『ゴアズソープの幽霊屋敷』の登場人物であるトムの議論をする際の態度、自分の周りに煙草の煙を漂わせる点、自信に満ちた姿勢――何かを説明をする時よりも、自説を主張する際のほうがより顕著である――物事を追求することへの情熱、暗示的な雰囲気をすっかりぶち壊されたことに対する腹立ちの感情、こうしたものは様々な局面でのホームズの態度や、姿勢といったものを予示していると言えよう。最も暗示的であるのは、幽霊の実在を主張する際に理にかなった論法を用い、かつ幽霊が出ると言われている屋敷へ出かけようと主張する点である。これには幽霊の実在を信じないはずのジャックが、何かぞっとすることが起きるのではないかと、怯えるのである。トムはいわばドン・キホーテ的存在であり、一方ジャックはサンチョ・パンサ的存在――最後の場面で、トムが自分の求めていたものを目撃し、吹っ飛んで逃げ出した時には彼を少しばかり笑っているが――である。しかし、ホームズとワトスンが実際に《緋色の習作》に登場した時には、ワトスンは夢想家であり、ホームズは現実主義者だった。また、ワトスンが精神的な人物であるのに対し、ホームズは科学的な人物に描かれている。即ち、ワトスンは心の人間であり、ホームズは頭脳の人間である。

『ゴアズソープの幽霊屋敷』以降に書かれた、コナン・ドイルのその他の作品で、この作品のトムのような、ホームズの先祖にあたる登場人物としては、『クルンバーの謎』に登場するラム・シン導師を挙げることができよう。彼が自分の預言の中に織り込んだ、科学的な機知はホームズ個人の演繹的推理同様、相手を当惑させる力を有していた。(『コナン・ドイル未紹介作品集』所収の《ジェレミー伯父の家》の登場人物である）ベイカー街の医学生ヒュー・ローレンスと、彼の友人であるジョン・H・サーストンは、単なる物語の語り手にしかすぎない。事件に巻き込まれたのは、単なる偶然からであった。彼の友人のサーストンは、彼が相続するものとみなされている財産を狙われている。この作品は、コナン・ドイルが《緋色の習作》を執筆する前に書き上げられていたが、まだ活字にはなっていなかった。また、《緋色の習作》に物語の舞台（即ちベイカー街）と、語り手のファースト・ネーム（ジョン）を与えた形になっている。しかし、この作品の構成上の弱点は、作者にとってたいへん大きな教訓になった。即ち、物語の語り手は物語の中で、主役を務めるべきではないということである。『ゴアズソープの幽霊屋敷』を出発点として、第一人称の人物に、物語の語り手を務めさせるという術が、着実にかつ慎重に磨かれていった。小心者コナン・ドイルは自分の作品において、様々な人物に語り手を務めさせている。小心者（「あの四角い箱」）、結婚適齢期の乙女（「我が家のダービー競馬」）、お人好しの成金（「幽霊選び」）、或いはアイルランドで幸運を求める英国人（「グレンマハウリー村の跡取り娘」）、厭人家（「アーケンジェルから来た男」）、そして医者（この彼の最大の輝かしい業績は、「J・ハバカック・ジェフスンの遺書」、「ポール・スター号の船長」といった作品で、また「我が友は殺人者」や「クラッビーの開業」といった、あまり知られていない作品でも確認できる）。コナン・ドイルはまた、「辻馬車屋の話」では、語り手の語り口の手法を試している。かくして一八八六年の初めには、コナン・ドイルは物語の語り手に関する自分の考えを、充分に練り上げていた。そしてこの語り手こそが、シャーロック・ホームズの名前を不滅のものとしたのである。その語り手が、ジョン・H・ワトスンであった。

II

疲れた頭を酷使しないこと／骨を折って相応しい言葉が見つかったら／一息入れよう
休息の後には最良のものが来る／静かに座って心を満たそう／
無理してはいけない／神経へのストレスはよく見受けられるもの／
自然がそれを知っている

（「若き作家への忠告」）

《緋色の習作》とは、いわばおとぎ芝居の本につけられた、中身については何も語らぬ題名である。シャーロック・ホームズは、ある一つの小説の中でのみ活躍し、そして忘れられるべき登場人物でしかなかったのかもしれない。また、シャーロック・ホームズその人は、作者が楽しみながら書いていける人物ではなかったからである。作者が楽しんで書いたのは、以下のようなところであったと思われる。即ち、ロンドンの新聞の論説調をからかった箇所であり、ホームズの人物像を、エディンバラ大学医学部の教授達の様々な特徴を、図々しくも模倣して仕上げてみせたりした点であろう。また、ホームズに過去の探偵小説に登場する探偵達を、ばっさりと切って捨てさせてはいるが、その実ホームズ自身も明らかに、先駆者達のカリカチュアにすぎない点、さらには、カーライルを知らないと言わせておきながら——ホームズの人物設定は、実際のところカーライルの英雄の定義に沿ったものとなっている——別のところではカーライルを引用している点が挙げられる。そしてワトスンについては、作者が楽しんで書いたのは彼のモデルとなった実在の同名の人物の経歴（ごく僅かに手を加えてはあるが）をほぼ完璧に写し取った点であり、さらにはこの本を当時最も人気の高かった、探偵小説家の手になる最初の探偵小説——即ち、エミール・ガボリオー（一八三二～七三）の、『ルルージュ事件』（一八六六年）——をもじった翻訳物に仕立てた点であろう。

《緋色の習作》では、中世の奇跡劇——《四つのサイン》で、ホームズが話題に採り上げている——のように、喜劇の中心部から悲劇が引き出されている。悲劇的事件の経緯を明らかにするために、長々と解説的な過去の物語を書き込む手法は、コナン・ドイルが無批判にガボリオーの作品を読んでいた——というのは、ガボリオーも同じ手法を用いて、自分の作品の中で、長々と過去の因縁話を繰り広げている——結果だとする見解が、しばしば取られている。しかしこうした見解は、ドイル並びにガボリオーの作品を正しく評価したものではない。ガボリオーの作品の中では、推理は驚くほど小さな部分でしかない——推理が発揮される場面は輝かしく素晴らしい出来栄えではあるが——のである。ガボリオーが力を注いでいたのは、フランスの貴族階級と聖職者達の、利己的な特権に対する批判であった。警察の動きは、複雑で巧みであるとされているが、探偵としてのルコックやタバレの描写は——とりわけルコックは——物語の中で著しく矛盾した存在となっている。ルコックやタバレは、ポーのデュパン同様、ガボリオーの作品上の工夫として、考案された登場人物にすぎなかった。

コナン・ドイルがガボリオーと異なる点には、ドイルが物語の語り手を限定したことも挙げられる。物語の中で起きた出来事は、骨を折って詳細に語られるというよりは、適時端折られ、推論を交じえて語られていく。またコナン・ドイルの書き方も、風刺漫画家だった祖父の流儀に習った、くっきりとした短い描写を用い、必要のない説明は省いて写実的に物語を進めるものであった。ホームズは細部にわたる、事件に関するありとあらゆる材料を求めるが、コナン・ドイルは読者に対して必要以上のものを与えぬよう、極めて細心に工夫を凝らしている。

《緋色の習作》の創作過程を今日まで伝えるものとしては、二つの未定稿が残されているだけである。いずれも一八八五年十一月以降に書かれたものと推定される。この頃コナン・ドイルは、長編小説『ガードルストーン商会』を、あちこちの出版社や編集者へ送っては冷たく送り返されていた。コナン・ドイルがサウスシーで暮らしていた時代の、「一八八五年」と書かれた備忘録中の一頁が、ジョン・ディクスン・カーの『コナン・ドイル』に再録されている。この断片では、作品の題名は「もつれた糸かせ」と書かれていて（ルイス・キャロルの『鏡の国のアリス』の冒頭に、触発されたのであろうか）、それが消されて（おそらくは、後に読み直した際にであろう）「緋色の習作」とされている。書き込みは以下のようになっている。「恐怖に怯えた女性は、馭者の許に駆け寄った。二人は警官を探しに行った。ジョン・リーヴスは警官を勤めて七年になる。ジョン・リーヴスは二人と共に現場へ行った」。この一節から導かれる推論は、いずれにせよ非常に不確実なものに違いない。あるいは辻馬車に乗ろうとした女性が、馬車の中に死体があるのを見つけたのかもしれない――コナン・ドイル自身の「辻馬車屋の話――ロンドンの四輪辻馬車屋の奇妙な経験」（「カッセルズ・サタデイ・ジャーナル」誌一八八四年五月十七日号掲載）（『コナン・ドイル未紹介作品集』所収）で、辻馬車の馭者と使用人が、辻馬車の中に乗っていたのが死体だったのを見つけたように。（ジェファスン・ホープの辻馬車も、「グロウラー」と呼ばれていた四輪辻馬車であったのは、明らかである。）ジョン・リーヴスは、《緋色の習作》のジョン・ランスになった。しかし馭者が殺人犯だったのだろうか。あるいは警官が探偵役を務めるのだろうか。（この断片からすると、前者よりも後者のほうが可能性がありそうである。）

コナン・ドイルが述べている以上に、強い影響を受けている作家に、ウィリアム・ウィルキー・コリンズ（一八二四～八九）がいる。コリンズの『月長石』（一八六八年）は、コナン・ドイルの最初の小説である『クルンバーの謎』（しかし一八八六年当時には、まだ出版されていなかった）と、スティーブンスンの『新アラビアン・ナイト』所収の「ラージャのダイヤモンド」に、強い影響を与えている。『月長石』に登場するリチャード・カフ部長刑事は、その演繹的推理、勤勉さ、子供達を自分の調査の手助けに使う点、そして格言的なものの言い方といった数々の点で、ホームズの先駆けであると言えるだろう。もしリーヴスが、探偵役を務めることになっていた最初の人物だったとすると、それがジョン・ランスになったのは、彼にとってははなはだきつい処置である、と言えよう。このジョン・ランスの描写には、《緋色の習作》の執筆当時コナン・ドイルが読んでいた、ジョージ・オーネット（一八四八〜一九一八）の自然主義が反映されている。後にコナン・ドイルは、《緋色の習作》の執筆を始めた頃の思い出を記している。彼の思い出と警察の刑事を主役とする考え――彼はすぐに主役の設定を、民間諮問探偵に変えはしたが――と、大きく矛盾はしていない。

「……ガボリオーは、彼の作品の構想が緻密にできているという点で、幾分引きつけられるものがあった。また、ポーの素晴らしい探偵のデュパンは、子供の頃から私の英雄の一人だった。しかし、何か私自身のものを作り上げることができるのだろうか。私は旧師であったジョー・ベルのことを考え、彼の鷲のような顔付き、独特の方法、そして細かいところをえぐり出す、怖くなるほどのこつを思い浮かべた。もし彼が探偵だったら、この魅力のある、しかし組織だっているとは言えないこの仕事を、何か正確な科学と呼びうるものに近づけることができるのは確実であろう。このような効果が得られぬものかどうか、試してみることにした。現実の生活の中で可能なのだから、物語の世界で可能にすることができない、ということは有りえない。ある男が賢いと、口にするのは結構なことだ。しかし、読者はその男が本当に賢い場面を求めているのである。そう、ベルが病棟で実際に、我々に毎日見せていたような場面を、である。私はこの考えを面白く思った。さて、そうした人物の名前を何としようか。私は今でも、様々な名前をあれやこれやと書き並べた、帳面の一頁を持っている。しかし、何か登場人物の性格を暗示するような名前を考案するという、初歩的な手法——例えばシャープ氏やフェレット氏といったような——は、受け入れて貰えまい。最初に浮かんだのは、シェリンフォード・ホームズという名前だった。それからシャーロック・ホームズという名前になった。ホームズ自身が、自らの手柄話を物語るわけにはいかない。引立て役としての凡人の仲間——活動的な教養ある人物で、共に事件に加わり、物語の語り部を務める——は欠かせない。このような地味な人物には、くすんだ穏やかな名前がいい。ワトスンがいいだろう。ということで、物語の中心となる人物の名前が決まったので、私は《緋色の習作》という小説を書いた……」

（『わが思い出と冒険』より）

コナン・ドイルの当初の構想は、ピエール・ノードン[*1]がドイル家の非公開文書の中から複製した、草稿に見て取ることができる。

緋色の習作

オーモンド・サッカー——ネーダンから　アフガニスタンから帰国

アッパー・ベイカー街二二一Bに住んでいる

同居人

J・シェリンフォード・ホームズ——

証拠の法則

他人行儀な

眠そうな眼をした若い男——哲学者——ヴァイオリンの名器の収集家

アマティ——

化学実験室

僕は年に四百件の——

僕は諮問探偵さ——

「なんたるたわごとだ」と私は叫んで——本を放り出しぷりぷりしながらつぶやく「安楽椅子にのうのうとして、現実には決して当てはまらぬ御立派な理論をこしらえる御仁には、我慢ならん——

ルコックなんてへまな奴さ

デュパンのほうがましだ。デュパンは断然優秀だ——

彼の思考の流れをたどるやり方は、賢いというよりは人騒がせなやり方だ　　だが彼には観察に対する天与の才がある

シャーロックという名前は、ウォーターフォードの地名の一つであるが、ホームズというゲール系の名前とは異なる。コナン・ドイルのストーニーハースト校時代の同級生に、パトリック・シャーロックという人物がいた。イエズス会士達は、その常として同じシャーロックの名前を持つ人物を想起したはずである。その人物とは、イエズス会派に籍を置いたポール・シャーロック牧師（一五九五〜一六四六）である。彼はウォーターフォードからローマへ渡り、ローマのアイリッシュ・カレッジの院長になった。一八八二年に、アイルランド自治法案の指導者だったチャールズ・ステュワート・パーネル（一八四六〜九一）の評判をとった言動録を出版した、トーマス・シャーロックという人物もいる。コナン・ドイルは一八八五年にアイルランドを訪れた際に、駅の売店でこの本を見かけたものと思われる（この年彼は、アイルランド自治主義から統一主義へ転向したが、パーネルの存在は彼の心を大いに悩ませた）。

ホームズを名乗るこの探偵には、同じホームズ姓を持つ人達の、人物像が反映されている。その中でも、オリヴァー・ウェンデル・ホームズは、シャーロック・ホームズの人物像に非常に強い影響を――とりわけ自己認識の点で――与えている。《四つのサイン》でシャーロック・ホームズは、《緋色の習作》に対する彼自身の批評を述べているが、これ

は我々の時代を遥かに先取りした、主観的な非構成主義の典型である。

彼は情けなさそうに首を振って次のように述べた。

「ざっと読んでみたけれども、正直に言うとあの本を誉めるわけにはいかないね。探偵という仕事は、一つの精密科学であり、またそうであって然るべき存在だ。そして精密科学同様、冷静かつ理知的に扱われなければならない。しかし君は、あの本にロマンティックな彩りを与えようとした。その結果は、ユークリッドの第五定理に恋愛物語か駆け落ち事件を持ち込んだも同じだよ」

「しかしロマンスだってあったじゃないか。事実を曲げるわけにはいかなかったよ」とわたしは抗議した。

「事実のなかには伏せておくべきものだってあるさ。あるいは事実を扱うには、最低限でも正しいバランス感覚を感じさせるべきだね。あの事件で唯一言及する価値があるのは、結果から原因へとさかのぼって分析を進めた、類稀な推理の過程だけだ。僕が事件を解決できたのも、まったくこのためなんだからね」

「ホームズはバベッジの計算機械のように、全く非人間的なのです」とコナン・ドイルは、ジョウゼフ・ベルにあてた一八九二年六月十六日付の手紙の中で書いている。*2 こう書いたドイルの脳裏には、彼が愛好していたオリヴァー・ウェンデル・ホームズの『朝食の卓の独裁者』（第一節）があっただろう。

「正しい公約数が与えられれば、健全な頭脳は常に、正確なバベッジの計算機械を使って、決まった同じ答えを弾き出すだろう。

ところで、ただの数学者が使うこの機械は、ただの計算屋でしかない、というのは何たる皮肉であろうか。頭脳も心もなく、誤りをしでかすことすらできぬほど愚かな、フランケンシュタインの怪物のごとき存在。脱穀機のように計算結果を弾き出し、どれほど多量の計算をこなしても、何の知恵も、何の成長もなき存在」

コナン・ドイルは時々、シャーロック・ホームズのことを彼自身のフランケンシュタインの怪物——自らの手で生み出しかつ、その手からは逃れることのできない——と見なしていた。しかしそれは、ドイルが自らの作品に登場する探偵に、オリヴァー・ウェンデル・ホームズの名前にちなんだ名前を付けたことによる影響が大であった。コナン・ドイル自身が述べているように、「ウェンデル・ホームズの書いたものを読むと、自分の心の中にそれに応える何物かが湧き上がってくる」というのであるから。それゆえ「あまりに厳密な正確な理論というものは、しばしば狂気という結論に辿り着く」と述べたのは、実際にはオリヴァー・ウェンデル・ホームズであるが、非常にシャーロック・ホームズ的なものの言い方——こうした物の言い方は、別のところで我々にはお馴染みのものである

――である。

オリヴァー・ウェンデル・ホームズは、コナン・ドイルよりほぼ半世紀前に、エディンバラで解剖学を学んでいた。しかし実際に《緋色の習作》を作り出す礎になったのは、非常に変化に富んだエディンバラ出身の大勢の御医者達だった。有名なベル教授も、ドイルが教授の手法を、自分の作品に取り入れようと考える前は、大勢いたシャーロック・ホームズの人物像のモデルの一人でしかなかったのである。しかし一八九〇年代初め、ホームズのモデルは誰かということに世間の関心が集まり出した頃、ベル教授をその矢面に立たせ、世間の関心をそらすことはコナン・ドイルにとって好都合であった。

コナン・ドイルの胸の内にあったのは、ベル教授の演繹的推理の秀でた才能を、自分の物語に登場させる探偵役の人物の一番の特徴に据えよう、という考えだった。このような考えを持ったコナン・ドイルが、ベル教授の数少ない著作を、そのうちでも特に『外科医手術便覧』――当時は（一八八三年に出版された）第五版が出回っていた――を再読したであろうことは、想像にかたくない。このベル教授の本の中で、コナン・ドイルはティモシー・ホームズ（一八二五～一九〇五）――『外科大系』という四巻本の、厳格な編集者であった――に関する言及を見いだしたはずである。この本で「股関節切除」（ホームズ氏による）の項は、「膝関節切除」（ワトスン博士による）の項のすぐ後に続いて書かれている（一三二頁～一三五頁）。コナン・ドイルは、ケンブリッジ及びロンドンで外科医をしていたティモシー・ホームズと、個人的な面識はおそらくなかったものと思われる。しかし、のこと《ママ》は知っていただろう。ワトスン博士は、コナン・ドイルがエディンバラで学んでいた当時は、エディンバラの王立診療所の外科医を務めていて、誰に対してでも非常に優しい人物であった（厳格であったベル教授とは、対照的である）。さらに言えば、彼の経歴がジョン・H・ワトスン医師の物語上の経歴に、大きな影響を与えたことはまず間違いないのである。

一八五三年、パトリック・ワトスンは医学博士号を、エディンバラ大学で取得した。学位の取得後、彼は陸軍軍医として定められた課程を修めるため、ウーリッジへ赴いた。ここで必須の課程を終えた後、彼は英国砲兵隊の外科医補に任じられた。当時連隊はクリミアに駐屯しており、彼の赴任前にクリミア戦争が勃発した。バラクラーヴァへ着いてみると、彼は自分の所属する部隊が、既に敵国の奥深くまで進撃していることを知らされた。しかし彼は、同じ立場に立たされた多くの士官達と共に、自分の所属する連隊に合流することができ、直ちに新しい任務に就いた。

この戦役は数多くの将兵に、昇進や叙勲の栄に浴する機会を与えたが、彼にもたらされたのはただ不運と災難のみ（それからクリミア、トルコ、サルディニアの各勲章も）だった。彼はクリミアの病院の呪いともいうべき、腸チフスに罹ってしまった。何ヶ月もの間彼の生命は絶望の淵をさ迷い、ようやくのことで意識を回復して快方に向かった時には、彼はすっかり弱り切ってやつれ果てていた。医局は、直ちに彼をスコットランドへ帰国させることを決定した。それゆえ彼は、軍隊輸送船でスコットランドへと送還された。ここで《緋色の習作》の冒頭部分を追うのは止めて、「ブリティッシュ・メディカル・ジャーナル」誌（一九〇八年一月四日号）に掲載された、パトリック・ワトスン博士の追悼記事を見ることにしよう。「〔スコットランドへ帰って来た〕当時は、ただ故郷で亡くなるために帰って来たように思われた。しかし、彼の強壮な体質が遂に打ち勝ったのである」。実際、彼が健康を回復したのは、大いに賀すべきことであった。これより五年後、彼は『現代の病理学と性病の治療法』という研究論文を出版している。この論文は一八八五年、コナン・ドイルが医学博士号を取得するための研究の際、非常に重要な文献であった。彼は専門医になろうとはしなかったため、大学での教授の地位を得ることはできなかったが、治療した患者達からは深い尊敬の念を捧げられた。彼の壮年時代からの同僚の医師達は、彼の追悼記事の中で金言をふんだんにちりばめている。「スコットランドに住む者は、ワトスンに会うと誰でも死を恐れなくなった」

即ち、《緋色の習作》が誕生したのはジョン・H・ワトスン医師のペンによって、ではなく、P・H・ワトスン博士の生き方によって、であった。サウスシー時代の備忘録の第一冊では、ワトスンが従軍したのは最初、第一次アフガン戦争（当時は未だ出版されていなかった、コナン・ドイルの最初の小説である『クルンバーの謎』は、この戦争が物語の舞台になっている）と設定されていた。これは、コナン・ドイルの脳裏に、一八四二年のカブールからの退却の際、半死半生の体で馬に乗って、ただ一人生き残ったウィリアム・ブライデン博士（一八一一〜七三）のことがあったことを示している。故にジョン・H・ワトスン医師は、マイワンドの戦いから半死半生の体で、からくも生還することとなったのである。ワトスンという名前の流用、戦地での熱病の感染、そして病人としての本国への送還、これらの点から考えると、コナン・ドイルは執筆にすっかり夢中になっていて、モデルとした実在の人物の経歴との酷似に悩んだ形跡は、まるでない。いずれにせよP・H・ワトスン博士は、たいへん温厚にして分別に富む人物であったから、抗議をすることはなかっただろう。既に立てられていた筋書きで、ワトスン医師はクリミア戦争から第二次アフガン戦争に従軍することに変更された（コナン・ドイルにとって、第二次アフガン戦争は、あまり馴染みがなかったというのはいささか皮肉ではある。というのは、新聞がこの戦争の戦況を報じていた当時、彼は捕鯨船ホープ号に乗り組んでいて、グリーンランドにいたからである）。

しかし、ホームズとワトスンの組み合わせは、何といっても作者であるコナン・ドイルの手柄であった。「ブリティッシュ・メディカル・ジャーナル」（一九三〇年七月十二日号）掲載の、コナン・ドイルの追悼記事に書かれているように、「ジョウゼフ・ベル教授の手法を応用し、謎を快刀乱麻を断つがごとく解いていく素人探偵と、引立て役にして演出巧者の医師のボズウェルというべき人物を組み合わせる、という考えは大いに当たった」のである。あるいは、アガサ・クリスティ（一八九〇〜一九七六）が、『複数の時計』（一九六三年）で、エルキュール・ポワロの口を借りて、以下のような熟考を重ねた上での批評をしているように。

「ああ、『シャーロック・ホームズの冒険』」とポワロは、愛情をこめて低くつぶやき深い尊敬の念をこめてただ一言、「巨匠よ」と言った。

「シャーロック・ホームズのことですか?」と私は尋ねた。

「おお、ノン、ノン、シャーロック・ホームズなんかじゃない。作者のサー・アーサー・コナン・ドイルだよ、私が讃えるのはね。シャーロック・ホームズ物なんて、実際はこじつけだし推理はでたらめばかり、おまけにわざとらしくて不自然で話にならんよ。しかしあの書き方の技ときたら、こりゃあもうお話は全然違う。あの楽しい文章、そして何と言っても素晴らしい、無比のワトスンの存在。ああ、あれこそが本当の不朽の業績というものさ」


ホームズや彼のライヴァル達は、ただデュパンの切り開いた道を歩んだだけであるとする、コナン・ドイルの見解には、またポアロの（暗黙のうちに述べている）ホームズの域に到達し得る探偵は存在するとする見解には、誰もが同意するわけではないかもしれない。しかし、ホームズの存在は一つの典型的人物像となり、ずっと模倣され続けて今日まで至っている。とは言うものの、ホームズの追随者達で傑作とされるものはほとんどない。しかし、ワトスン役でここまでの水準に到達しているものは、さらに稀である。P・H・ワトスンより後に、ワトスン役の起源となった者はほかにも存在するかもしれない。しかしコナン・ドイルは、自分の物語に第一人称の語り手を用いて、あれこれと苦労して物語を書き継いできていた経験があったから、彼がワトスンに求めていたのは、モデルよりも音楽的な意味合いでの調性——物語のトーンを決める——であった。コナン・ドイルは首尾よく基本となる調性を見出し、決して見失うことはなかった。その結果、ワトスンは古代ギリシャ悲劇のコロス、プラトン、伝道者聖ヨハネ、サンチョ・パンザ、ボズウェル、そしてサー・ウォルター・スコットの子供向け物語中の主人公達、といった者の正統な後継者となり得たのである。

一方ホームズについて見てみると、たいへん興味深い皮肉というべきものが、一八八六年一月十九日にポーツマス文学・科学協会で、作者コナン・ドイルが『トーマス・カーライルとその作品』の標題で行なった講演（この講演の原稿は、エディンバラ大学図書館に保存されている）とホームズとの間に存在している。この講演は、トーマス・カーライル（一七九五〜一八八一）を讃えたものである。カーライルの文章の持つある種の興奮を、この講演の際のコナン・ドイルは称賛している。コナン・ドイルの創造したホームズは、フランケンシュタイン的怪物ではなく、カーライル的英雄だった。コナン・ドイル自身は、カーライルを擁護する立場であったにもかかわらず、自らが創造したカーライル的英雄は、カーライルについては無知であるとして、自分のユーモア精神を発揮したのである。それでもカーライルの持っていた数々の要素が、ホームズの創造に、そしてまたホームズの精神に取り込まれている。

風刺的な要素は、コナン・ドイルの最初の作品から見受けられるが、とりわけホームズ物語には色濃く表われている。家庭における悲劇、及び若い時分の窮乏生活が、コナン・ドイルの持つ皮肉な部分の、まさに根源ではあったが、彼の風刺は非常に多彩なものであった。彼は生来、温厚で愛情あふれる性質の持ち主だったから、ストーニーハーストやエディンバラで、彼を教えた数多くの教師達が、自分達の感情の表現を抑えていたことを残念に思っていた。また、ホームズ物語は全体を通して見た場合、心優しいワトスンがいかにして血も涙もないようなホームズを、血の通った人間にしていくかの物語である、とも見なしうるのである。確かに彼の持つ風刺的な要素は、冷酷さや偽善といったものが語り手の視点に加わった際には、強烈なものとなり得たかもしれない。しかし彼は、学校の教師や大学の教授達の超然たる態度から、事実の蓄積こそ、最も圧倒的な非難の武器となることを学んだ。そして創作の際にも、その基礎に医学的な症例報告を書くような、科学的な構成を重んじたのである。

最上の形で示された批評の構成が、皮肉をはらんだ形態で仕上がっているものを、ワイルドならば芸術家としての立場からの批評の勝利と呼んだだろう。一九一二年に発表された、ロナルド・ノックスの「ホームズ物語についての文学的研究」(邦訳『シャーロック・ホームズ十七の楽しみ』所収)は、後に『風刺随想』(一九二八年)に収載されている。ノックスは《緋色の習作》で、ホームズ物語の本質をなす全部で十一の要素が展開されているとしている。

〔この十一の要素の〕序列は、いくつかの物語では変更されていることもあろう。また、その物語が模範的な形態に近いかほど遠いかで、構成要素が多く現われたり少なくなったりすることもあろう。実際に書かれた物語の中で、《緋色の習作》は十一の構成要素の全てが現われている唯一の物語である。《四つのサイン》と《白銀号事件》には十、《ボスコム谷の惨劇》と《緑柱石の宝冠》には九、《バスカヴィル家の犬》、《まだらの紐》、《ライゲートの大地主》、そして《海軍条約文書事件》には八、さらに《オレンジの種五つ》、《曲がった男》、《最後の事件》には五、《グロリア・スコット号》には僅かに四を数えるのみである。

〔十一の要素の〕筆頭に来るのが「導入」である。即ち我々が慣れ親しんだ、何物にも替え難い二人の姿のある、ベイカー街の情景である。時にはホームズ自身が、鋭い推理の腕前を発揮することもある。この次に来るのが最初の説明、言い換えれば「注解」で、依頼人が事件について説明をするのである。この後に続くのが「調査」、これはホームズ自身による事件の捜査である。これには時として有名な手と膝をついての、四つんばいになっての探索も含まれている。この①「導入」は一定不変のものであり、②の「注解」、そして③「調査」の二つも、ほとんどの物語に存在している。これに対して以下に挙げる④～⑥までの要素は、必要とされる度合いがいくらか小さい。この中には④「主張」、即ちスコットランド・ヤードの公式見解の論破、第一の⑤「暗示」（平凡なもの）――警察に対して与えられる、方向性のない幾つかのヒントの形をとり、警察側はこのヒントを活用することが決してないのである――そして第二の⑥「暗示」（深遠なもの）、こちらのほうはワトスンにだけ示され、ホームズの捜査の正しい方向を、おぼろげに浮かび上がらせる。もっとも時にはこれも、例えば《黄色い顔》のように誤っていることもある。⑦は第一の「注釈」、つまり犯人の痕跡をより深く追及していく。これには身内の者達や家の使用人等への反対尋問、死体（物語が死体の出てくる話であれば）の精査、ロンドンの公文書館への訪問・調査、そして犯人とおぼしき人物への様々な調査、といったものを含んでいる。⑧は「発見」で、犯人が逮捕されたり、あるいはその正体が暴かれる。⑨は第二の「注釈」、即ち犯人の告白である。⑩は「解説」である。ホームズが摑んだ手がかりとは何であったか、また彼が手がかりを基にいかにして真相に至ったかが明かされる。そして⑪は「終幕」で、ときには一つの文で締めくくられることもある。「終幕」は「導入」同様、物語の中では一定不変のお決まりの要素で、格言やよく知られた作家からの引用で終わることもある。*3

ノックスの論文は、元来は彼が在籍していたオックスフォード大学トリニティ・カレッジのグライフォン・クラブのために書かれたものであった。ただ、オックスフォードはこの分野ではケンブリッジに遅れをとっていた。ケンブリッジからは、ノックスの論文の発表より十年程前から、既にパロディ作家や戯批評家達が多数輩出していたのである。その中でも最も重要な人物は、バートラム・フレッチャー・ロビンソンだった。彼はホームズ物語に大変に価値のある、建設的な提案をした人物であった（当全集の『バスカヴィル家の犬』及び『シャーロック・ホームズの帰還』の解説を参照のこと）。大学というところは、その存在価値が強調されがちではあるが、知性と気取りがそがれることの相互作用が――もったいをつけてではあるかもしれないが――ノックスの分析や、ロビンソンがコナン・ドイルに及ぼした刺激の背景にあると考えられよう。またエディンバラ大学、及び同大学医学部にあって、周りは敵ばかりであったある人物の、紳士的でありかつ鑑識眼の高いあざけりが、ホームズ物語の源流の一つでもある。『失われた世界』で、コナン・ドイルが大学教授をどのような役回りで登場させているか、またホームズの宿敵にして破壊者たることが明らかである人物が、なぜ教授であったかを考えると、前述の事態はよりたやすく理解できよう。十八世紀のエディンバラは、スコットランドの文明開化をもたらし、十九世紀のエディンバラは、『ミドロジアンの心』〔ウォルター・スコット作の歴史小説〕と「エディンバラ・レビュー」誌を産み、またジキル博士とホームズ氏を産み出したのである。《緋色の習作》においてホームズの人物像は、事実上でき上がっている。後の作品で彼は一八九〇年代の文学の世界における巨人に似つかわしく、洗練の度を加えられ、磨き上げられ、また方向性には変更が加えられた。ホームズの創造には、大学における教養が決定的な影響を与えてはいるが、そこにはその他の要素の力も働いている。自分だけの知的発見の楽しみ――知的発見そのものを好きなように楽しむ楽しみ、個々の作品の根底には、この楽しみが存在している――はコナン・ドイルの作品のまた別の根幹をなす、重要な要素なのである。これはまた、防衛的な意味合いを持つ表現の複雑化を補う、生き生きとした邪心のなさと同様の重要な要素であった。コナン・ドイルは結局のところ、大学ではあくまで医学を学んだのであった。文学については、彼は独力で学んだのだった。

親切な批評家――気にしないこと！
ごますりの批評家――どうでもよい！
酷評する批評家――かまうことはない！
難癖をつける批評家――同じこと！
最善を尽くそう――あとは放っておこう！

（『若き作家への忠告』）

＊1――ピエール・ノードン『コナン・ドイル』（一九六六年）二一二頁
＊2――エリィ・ライボウ『ジョー・ベル博士――シャーロック・ホームズの原型』（一九八二年）一七三頁からの引用。
＊3――コナン・ドイルは模範的な読者に対しては非常に親切だったが、一九一二年以降はノックスが説明しているような方式を変えることを楽しんでいたように思われる。

付録

……私はこの作品は、これまで私が書いたものの中でも出来が良いと思い、大いに期するところがあった。『ガードルストーン商会』があたかも伝書鳩のごとき正確さで、出版社に送っては送り返される状態が続くようになった時には、悲しい気持ちにはなったが驚きはしなかった。というのは、出版社の決定には不本意ながらも、納得がいったからである。しかし、私の小さなホームズ物語まで、同様にぐるぐるたらい回しにされ始めた時には、感情を害した。こちらのほうは、もっとよい運命に値するものであることを、知っていたからである。ジェームズ・ペインは、この作品を大いに誉めてくれたが、長編としては短すぎるし短編としては長すぎる、と指摘した。これは全くその通りだった。アロースミス社は原稿を一八八六年五月に受け取ったが、読みもせずに七月に送り返してきた。他にも二、三鼻を鳴らしてくれたところもあったが、皆向こうを向いてしまった。最後に、ワード・ロック社が安っぽい、そしてしばしばきわもの的な小説本を出していたので、ここへ原稿を送ってみた。

――アーサー・コナン・ドイル『わが思い出と冒険』より

……シャーロック・ホームズを「発見した」のは誰であったか――私自身はこうした言い方は好まないのだが、今日では普通に使われているから、それに従うことにする。ここでその答えを出すとなると、最初にその名前を口にしたという点で、私の妻こそシャーロック・ホームズの発見者だった、と言えるだろう。当時、私の妻（ジニー・グィン・ベタニー、一九四二年没）は、故（ジョージ・トーマス・）ベタニー（一八五〇〜九一）の妻だった。彼は文学修士にして理学士の資格を有していて、ケンブリッジ大学の個人指導教師を務めたこともあったが、後にはワード・ロック社の編集長の地位にあった。ある日のこと、《緋色の習作》と題された、非常に整った、少し丸みを帯びた筆跡で書き上げられた原稿が、ワード・ロック社宛送られてきて、ベタニーの前に置かれた。彼は理科系の人間であったから（ケンブリッジ大学の自然科学の優等試験で、三番を取ったことを抜きにしても）その原稿を家に持ち帰り、妻に向かって以下のように述べた。「君は小説を書いているし、『テンプル・バー』や『アルゴジィー』、そして『ベルグラヴィア』といった雑誌で小説の批評もしている。だから僕よりも、小説を評価するのは上手だろう。ひとつ、この原稿に目を通して、僕も読んだほうがいいのか、教えてもらえればありがたいね」

ベタニー夫人は当初、医師で身を立てたいと考え、一時は講義を聴講し、医学を熱心に勉強したこともあった。彼女が夫に対して以下のように述べたのには、彼女のこうした経験があったことは疑いのないところである。「これを書いたのは医者に違いない、と思いますわ。書かれたものにはっきりとそれが表われていますもの。でもいずれにせよ、この筆者は生まれながらの小説家です。私はこの本に、すっかり夢中になってしまいました。きっと大成功間違いなしです」

——(ジョン・)コールスン・カーナハン(一八五八〜一九四三)「シャーロック・ホームズの個人的回想」、「ロンドン・クォータリー・アンド・ホルボーン・レヴュー」誌(一九三四年十月号)掲載

拝啓

我々は貴兄の《緋色の習作》の原稿を拝読し、たいへん満足しております。現在の出版市場は廉価本で満ち溢れておりますゆえ、本年の出版は致し兼ねます。もし貴兄が来年までの持ち越しに対し御異存が御座居ませんようでしたら、弊社は版権買取りで貴兄に二十五ポンドを御支払い致したく考えます。

敬具

ワード・ロック社

——一八八六年十月三十日付アーサー・コナン・ドイル宛の書簡

……私は貧しかったが、それでもこの提案は魅力に乏しく、すぐに受け入れるのはためら

われた。それは、提案された金額が小さかったからではなく、出版されるのが大幅に遅れることになるからだった。と言うのは、この本は私に、道を開いてくれるかもしれないと思っていたからである。私は意気消沈した。しかし、度々失望させられていたから、まず出版の確約を取りつけることが――たとえ先延ばしにされようとも――正しい知恵というものなのかもしれない、と感じるようになった。

――アーサー・コナン・ドイル『わが思い出と冒険』より

拝復

貴兄の昨日付の御手紙に関しまして、御返答申し上げます。何らかの混乱を生じるかもしれませんので、我々と致しましては印税方式を、貴兄の作品に適用することはできない、と申し上げざるを得ません。貴兄の作品は、その他の作品と共に、弊社の年刊誌に掲載される運びになるものと思われますので、弊社と致しましては当初の提案の如く、版権買取りに対して二十五ポンドの御支払いとさせていただきたく、御連絡申し上げる次第であります。

敬具

ワード・ロック社

――一八八六年十一月三十日付アーサー・コナン・ドイル宛の書簡、『シャーロック・ホームズ未紹介作品集』より引用二十五ポンドの報酬を受領するに際し、私はここに東中央郵便区ソールズベリー・スクウェア、ヴァーヴィック・ハウスの出版社、ワード・ロック社に対し、私の書いた《緋色の習作》と題する作品に関する、版権及び付随する全ての権利を、譲り渡すものであります。

医学博士A・コナン・ドイル

サウスシー、ブッシュヴィラ

——ギブスン、ランセリン・グリーン共著『A・コナン・ドイル出版目録』からの引用

この物語は、非常に独創的な探偵が、熟練の手並みを存分に発揮する、素晴らしい物語であることが、おわかりいただけましょう。この探偵の方法は、最も合理的な原則に基づきつつも、これまで描かれたいかなる探偵よりも、鮮やかな手腕を発揮するのです。実際、現実の警察の刑事達は、自らの腕を上げるための最も有益な手段として、この《緋色の習作》を読むべきであります。作品に存在する驚異は、極めて緻密に、それでいてごく自然に構成されており、物語の各場面ごとに読者はすっかり魅了され、早く次の場面が読みたくなるでしょう。アメリカ西部の前人未踏にして不毛の砂漠地帯・飢えに苦しむ旅行者と、そのかわいらしい連れに迫る危機的状況の描写は、迫真的であり芸術的であります。実際、モルモン教徒達の間で起きた、時間的には昔にさかのぼる出来事を描写した部分は、生き

生きとした描写がされており、また激しい情念が、いくつかの場面では描かれています。出版元としましては、これほど真に迫った、偽りのない、鮮やかな手並みを持ち、胸の躍るような興奮のある、読み物が掲載された年刊誌を発売しうる同業者は、今後何年にもわたって現われないであろうと確信し、大いに満足するものであります。あらゆる読者がこの年刊誌を、一度だけではなく、必ずや二度は読むことになりましょう。一たびこの年刊誌を手にしながら、読み終わる前に手放すことのできる読者が、仮に存在するとしたら、その人は感受性がきわめて鈍く、また好奇心のかけらもない、きわめて稀な人物であるに違いありません。《緋色の習作》はあらゆる場所で、クリスマスの集いで話題になる読み物なのです。

——ワード・ロック社による「ビートンのクリスマス年刊」誌についての広告、「パブリッシャーズ・サーキュラー」誌一八八七年十一月一日号掲載、ランセリン・グリーン編『シャーロック・ホームズ文書』より引用

「ビートンのクリスマス年刊」（ロンドン、ワード・ロック社刊）の創刊は、もうずいぶん以前のこととなり、今では飾りに使うヒイラギやヤドリギのように、クリスマスの季節になると求められるようになる。今年の号は、内容が充実していて、変化にも富んだものとなっている。その目玉は、A・コナン・ドイル作の《緋色の習作》と題する小説である。この物語は殺人事件の話であり、驚くほど鋭い科学的探偵が活躍する。彼にとっては、エ

ドガー・アラン・ポーのデュパンはくだらぬ人物であり、ガボリオーのルコックは子供も同然である。この驚くべき人物の名はシャーロック・ホームズ氏という。読者は彼の聡明さと、彼が解き明かす不可思議な殺人事件の虜となり、この物語を最後まで読み通さずにはいられないだろう。物語の結末を、ここで明かすわけにはいかない。《緋色の習作》の他には、上流社会を扱った、二編の小さな書き下ろしの戯曲がある。一つは寄席芝居的な性格を有している、「白粉の糧」と題する作品で、なかなかに面白い。もう一つは「四つ葉のシャムロック」と題する、上流社会を扱った三幕物の小喜劇である。こちらも、この種の作品としては大いに楽しめる。D・H・フリストン、マット・ストリーチ、そしてR・アンドレの挿絵も、この号の内容を豊かなものとしている。

——一八八七年十二月十七日付「グラスゴー・ヘラルド」紙

「ビートンのクリスマス年刊」の一番の読み物は、A・コナン・ドイル氏作の《緋色の習作》と題する、探偵小説である。この物語は、エドガー・アラン・ポーの時代以降に書かれた、犯罪を追跡していくという点では、ポーの作品と同様の、独創的で魅力を持つ作品である。作者は持てる天分を存分に示している。作者は文学における、前例のない分野を歩んでいるようだが、真の探偵が観察と演繹的推理によって、いかに働くべきかを示している。彼の本は、多くの読者を得ることだろう。

——一八八七年十二月十九日付「スコッツマン」紙

新刊書の洪水の中で、二冊の小さいながらも出来の良い本は、本来ならそのうちの一冊か、あるいは二冊とも楽しんで読むはずの、読者の関心を得ることができなかったのかもしれない。鉄道本として、即ち汽車旅の道中の徒然を慰めてくれる読み物として、コナン・ドイル氏の近作である《緋色の習作》ほど出来の良い本は、ほとんど見当たらない。この作品は殺人事件を主題にした通俗的読み物であり、話を面白くするためにここ数ヶ月の（切り裂きジャックの）恐怖といったものは、折悪しく盛り込まれてはいない。しかしこうした問題があるにせよ、物語の語り口は非常に緻密であり、驚きに溢れている。実際馭者の登場に至るまで、私はこれほど驚異に満ちた物語を読んだことはなかった。「語り口」についてさらに述べるとなると――この物語の弱点については、容認する向きもあろうが――ガボリオーのほとんどの作品同様、説明の部分が弱い。即ち、謎を解き明かしていく上での「理由」の部分が弱い。しかし、この探偵物でコナン・ドイル氏は、これまでのいかなる作家よりも、かのヒュー・コンウェイ（フレデリック・ジョン・ファーガス――一八四七～八五――の筆名）――『呼び返し』の作家の、惜しまれる死の後――の領域の近くまで到達しているのである。

――アンドリュー・ラング「船の信号」、「ロングマンズ・マガジン」誌一八八九年五月号、三三五頁～三三六頁掲載彼はまた、私の同国人に対して「スコットランドを愛する」という突飛な自説を持ってもいた。「彼らは誰でも——例外、というものは存在しない——いや、彼らの集団は、というべきか、至るところに現われては、口を揃えてスコットランドの栄光を証言するのだ」

——ボズウェル『ジョンソン博士伝』一七七五年三月二十一日の項

一八八九年に、私はワード・ロック社の副編集長になり、また「リピンコッツ・マガジン」誌——この雑誌は、当時大西洋の両岸で出版されていた——の編集助手になった。会社の書類の写しに目を通しているうちに、（一八九〇年一月頃）一八八七年に出版された「ビートンのクリスマス年刊」に出くわした。私はこの本を持って、専務のところへ行った。「この本について、何か手を打ちましたか？」と私は尋ねた。

彼は返事として首を横に振り、こう述べた。「それはもう御用済みの本だよ。確かに年刊としては良く売れた。だが、売れ行きは大したことはなかったよ（ここで「大して売れなかった」というのは、一八八八年七月に出版された単行本のことだろう。年刊はすぐに売り切れた、というのだから）。これを採り上げて、何か言ってくれた批評家だって、ほとんどいなかった（これは単行本を出した際に、の意であろう）」

「いや、それは違いますよ」と私は答えた。「クリスマスの時期には、本がたくさん出版されています。だから批評家だって、まともな長さの批評文なんか書きそうにないし、また数多く出回っている年刊の中の、ある一冊の中身がどんなものか、気がつきゃしませんよ。でもこの後、ドイルは『マイカ・クラーク』と『ポール・スター号の船長』の本を出していています。『リピンコッツ・マガジン』の次の号（一八九〇年二月号）には、シャーロック・ホームズが主役を務める《四つのサイン》という小説が載ります。私はシャーロック・ホームズ物の小説は、将来きっと大当りすると固く信じています。うちにはシャーロック・ホームズが登場する、最初の物語である《緋色の習作》があるじゃありませんか。ですからこれを、もっと見栄えのする造本にして、挿絵もつけてもう一度出しましょう。きっとすごくよく売れ、何年間でも売れ続けますよ」

――（ジョン・）コールスン・カーナハン（一八五八～一九四三）「シャーロック・ホームズの個人的回想」、「ロンドン・クォータリー・アンド・ホルボーン・レヴュー」誌（一九三四年十月号）掲載

私はその後、『緋色の習作』に関しては一ペンスたりとも貰ったことはない。

――アーサー・コナン・ドイル『わが思い出と冒険』より

アーサー・コナン・ドイル年譜

一八五五年　七月三一日、政治風刺漫画家のジョン・ドイル（'HB'）の末の息子であるチャールズ・アルタモント・ドイル、下宿先のアイルランド婦人の娘のメアリー・フォリーと結婚。

一八五九年　五月二二日、アーサー・イグナティウス・コナン・ドイル、二人の間の十人の子供のうち三人目の子にして、長男としてエディンバラのピカーディ・プレイスNo.11で誕生する。両親によってローマ・カトリック教の洗礼を受ける。

一八六八年～七五年　ランカシャーのリブル・バレーにある、イエズス会の学校であるホッダー校で二年間学んだ後、その上級校であるストーニーハースト・カレッジで五年間学ぶ。彼の同窓生には、詩を書き、校内新聞の編集を担当し、後に有名な作家となり、またアーサー・コナン・ドイルの親友になった、グラスゴーに生まれ、後にセイロンに移り住んだジェームズ・ライアンがいた。ドイル家の家族は、エディンバラのスキネス・ヒル・プレイス№3に居住。

一八七五年～七六年　ストーニーハーストで、ロンドンの大学入学試験に合格、オーストリアのフェルトキルヒにあるイエズス会の学校で一年間学ぶ。

一八七六年～七七年　当時ドイル一家の者と一緒にアーガイル・パーク・ハウス№2に住んでいたブライアン・チャールズ・ウォーラーの勧めに従って、エディンバラ大学の医学部の学生となる。

一八七七年～八〇年　ウォーラーはエディンバラのジョージ・スクウェア№23の家を借り、「諮問病理学者」として活動を始める。彼はこの家に、ドイル一家の者全員を居住者として住まわせていた。アーサー・コナン・ドイルは引き続きエディンバラ大学で医学を勉強中であり、ジョウゼフ・ベルの下で外科医見習いとなる。またシェフィールド、レイトン（シュロップシュア州）、バーミンガムでアルバイトの医師助手として働く。バーミンガムでは、雇主であるホーア家の家族と、深い友情関係を築き上げるに至った。処女作である「ササッサ谷の謎」が、「チェインバーズ・ジャーナル」誌（一八七九年九月六日号）に掲載される。また、最初のノンフィクション分野の作品である「毒薬としてのゲルセミウム根」が「ブリティッシュ・メディカル・ジャーナル」誌（一八七九年九月二十日号）に掲載される。これより以前のある時期に、アーサー・コナン・ドイルは「ゴアズソープの幽霊屋敷」の原稿を、「ブラックウッズ・エディンバラ・マガジン」誌宛投稿しているが、この原稿は綴じ込まれて、そのまま忘れられてしまった。

一八八〇年　（二月〜九月）ピーターヘッドを母港とする捕鯨船ホープ号に船医として乗り組み、グリーンランドを航海する。

一八八一年　内科学士と外科学士の学位を取得し、エディンバラ大学医学部を卒業する。ウォーラーとドイル家の者は、エディンバラのロンスデール・テラスNo.15に居住。

一八八一年〜八二年　（十月〜一月）西アフリカ航路の蒸気船マユンバ号に船医として乗り組む。航海の途中、リベリアのアメリカ領事で、黒人奴隷制廃止論の指導者であったヘンリー・ハイランド・ガーネットと三日間過ごす。その後熱病にかかり、生死の境をさまよう。（七月〜八月）リスモア州ウォーターフォードの（母方の親類）フォリー一族の許を訪ねる。

一八八二年　プリマスでジョージ・ターナヴィン・バッドと診療所を共同経営するが、不幸な結果に終わる。六月、ポーツマスのサウスシーへ引っ越す。「ロンドン・ソサエティ」誌、「オール・ジ・イヤー・アラウンド」誌、「ランセット」誌、「ブリティッシュ・ジャーナル・オブ・フォトグラフ」誌に作品・論文を発表する。この後の八年間、アーサー・コナン・ドイルはサウスシーで、全科開業医として次第に成功を収めていく。

一八八二年～八三年　エディンバラのドイル家、家庭崩壊する。これ以降、チャールズ・アルタモント・ドイル、アルコール中毒とてんかんのため、病院に隔離される。メアリー・フォリー・ドイル、ヨークシャーのマッソンギルのウォーラーの地所であるマッソンギル・コッテイジの住人となる。イネス・ドイル（一八七三年生まれ）は、一八八二年九月以降、生徒兼給仕の少年としてアーサー・コナン・ドイルと一緒に暮らす。

一八八三年　（一月）「ポール・スター号の船長」を（「テンプル・バー」誌に）発表する。この時期、それほどは当たらなかった短編をどんどん書き続ける。『クルンバーの謎』の執筆を始める。

一八八四年　（一月）「J・ハバカック・ジェファスンの遺書」を（「コーンヒル・マガジン」誌に）発表。同月「グレンマハウリー村の跡とり娘」を（「テンプル・バー」誌に）発表。（五月）さらに「辻馬車屋の話」を（「カッセルズ・サタディ・ジャーナル」誌に）発表。『カードルストーン商会』の執筆を始める。

一八八五年　（一月）「アーケンジェルから来た男」を（「ロンドン・ソサエティ」誌に）発表する。ジャック・ホーキンズ、アーサー・コナン・ドイルの診療所に短期間入院した後、脳膜炎で死亡。（八月）彼の姉のルイーザ・ホーキンズ、アーサー・コナン・ドイルと結婚する。新婚旅行としてアイルランドに出かける。エディンバラ大学の医学博士号を取る。

一八八六年　《緋色の習作》を執筆する。

一八八七年　《緋色の習作》、「ビートンのクリスマス年刊」誌に掲載される。

一八八八年　（七月）『緋色の習作』、ワード・ロック社から、単行本の体裁で初めて出版される。（十二月）『クルンバーの謎』出版される。

一八八九年　（二月）『マイカ・クラーク』（一六八五年のモンマス公の反乱を題材にした、アーサー・コナン・ドイルの最初の小説）出版される。アーサー・コナン・ドイルの最初の子供であるメアリー・ルイーズ・コナン・ドイル生まれる。作者未公認の作品集である『謎と冒険』（後に『ブルースマンスダイクの雨裂』、『我が友は殺人者』の題で出し直される）出版される。リピンコット社からオスカー・ワイルドの『ドリアン・グレイの肖像』と共に《四つのサイン》の執筆の依頼を受ける。

一八九〇年　（二月）「（R・L・）スティーブンスン氏の小説における方法」を、「ナショナル・レビュー」誌に発表。同じ月、「リピンコッツ・マンスリー・マガジン」誌に《四つのサイン》掲載される。（三月）最初の作者自身の手になる短編集『ポーラースター号船長・その他の物語集』出版される。（四月）『ガードルストーン商会』出版される。（十月）スペンサー・ブラケット社から『四つのサイン』、単行本の体裁で初めて出版される。

一八九一年　アーサー・コナン・ドイル、ロンドンのモンタギュー・プレイスに居を構えて、ハーレイ街の脇の通りであるアッパー・ウィンポール街No.2で眼科医を開業する（アーサー・コナン・ドイルが診療所を開業したのは、従来は自伝『わが思い出と冒険』の記述から、デヴォンシャー・プレイスNo.2であるとされていた。しかし最近の調査の結果（現存する《ボヘミアの醜聞》の原稿の署名、取引銀行への届出住所等）から、正しくはアッパー・ウインポール街No.2であると確定された）。後にサウス・ノーウッドへ引っ越す。（七月～十二月）『シャーロック・ホームズの冒険』のうち、最初の六編がジョージ・ニューンズ社の出版する「ストランド・マガジン」誌に掲載される。（十月）『白衣の騎士団』出版される。「都市を越えて」、「グッド・ワーズ」誌のクリスマス増刊号である「グッド・チアー」に掲載される。

一八九二年

（一月～六月）『シャーロック・ホームズの冒険』所収の残りの六編、「ストランド・マガジン」誌に連載される。十二月より続編の連載始まる。『ラッフルズ・ハウの出来事』出版される（この物語は元々、アルフレッド・ハームズワース社から出されていた読み物新聞の「アンサーズ」紙に連載——一八九一年十二月から一八九二年二月にかけて——されたものであった）。（十月一四日）『シャーロック・ホームズの冒険』、ジョージ・ニューンズ社より出版される。（十月三一日）ウォータールーの戦いを題材にした『ナポレオンの影』出版される。アレン・キングスリー・コナン・ドイル生まれる。ジョージ・ニューンズ社、『四つのサイン』を出版する。

一八九三年　「シャーロック・ホームズの冒険」(第二シリーズ)、引き続き「ストランド・マガジン」誌に連載。(十二月)第二シリーズから《ボール箱》を除いた短編集が、『シャーロック・ホームズの思い出』としてニューンズ社から単行本として出版される。ホームズは、アーサー・コナン・ドイルが「より真面目な文学作品を執筆するため」に、《最後の事件》(十二月発表)で亡き者にされたのは、明らかである。(五月)『亡命者』出版される。『ジェーン・アニー、または善行賞』(J・M・バリーと共作の軽喜歌劇)、サヴォイ劇場で上演されるも失敗に終わる。(十月十日)父チャールズ・アルタモント・ドイル亡くなる。

一八九四年　(十月)医者にまつわる短編集である『赤い灯火を巡りて』――所収の短編のうち、いくつかは書き下ろしであった――出版される。自伝的小説である『スターク・マンローの手紙』の連載始まる――完結したのは翌年のことであった。弟のイネスを連れて米国へ講演旅行に出かける。(十二月)『寄生体』出版される。「ジェラール准将の勲章」〔正しくは「准将が勲章をもらった顚末」)、「ストランド・マガジン」誌に掲載される。

一八九五年　「准将ジェラールの功績」、「ストランド・マガジン」誌に連載される。

一八九六年　(二月)『准将ジェラールの功績』(邦訳名は『勇将ジェラールの回想』)、単行本としてニューンズ社から出版される。結核にかかっている妻の健康状態に配慮して、サリー州ハインドヘッドに居を構える。摂政時代の一つ前の時代を舞台にした『ロドニー・ストーン』出版される。自作のホームズ・パロディである「野外バザー」を、エジンバラ大学の「ステューデント」誌(十一月二十日号)に発表する。

一八九七年　(五月)ナポレオンの時代を舞台にした『ベルナック伯父』出版される。三編の「シャーキー船長」物──海賊の物語である──を、「ピアソンズ・マガジン」誌(一、三、五月号)に掲載。ハインドヘッドのアンダーショウに家を建てる。

一八九八年　(二月)『コロスコ号の悲劇』出版される。(六月)詩集『行動の歌』出版される。(六〜十二月)後に『炉辺物語』に収録された短編──「甲虫採集家」

「時計だらけの男」「消えた臨急」「開かずの部屋」「膺黒医師」「内反足の雑貨商」「ブラジル猫」の計七編——が「ストランド・マガジン」誌に連載される。義弟アーネスト・J・ウィリアム・ホーナング、A・J・ラッフルズを創造する。翌一八九九年、ホーナングは最初のラッフルズの短編集をアーサー・コナン・ドイルに献呈する。

一八九九年　（一月～五月）引き続き『炉辺物語』に収録された短編——「漆器の箱」「ユダヤの胸牌」「B24」「ラテン語の家庭教師」「茶色の手」——が「ストランド・マガジン」誌に連載される。（三月）自らの恋愛経験に基づいた『合唱付二重唱』出版される。（十月～十二月）「ストランド・マガジン」にボクシングを題材にした、『クロクスリー・マスター』を連載する。ウィリアム・ジレット、ジレット自身とアーサー・コナン・ドイルの合作になる『シャーロック・ホームズ』を初演、この後三三年間にわたって彼の十八番となる。

一九〇〇年　ボーア戦争の英国陸軍を支援する篤志の医師団が結成したラングマン病院の非公式監督者として、南アフリカへ赴く。（三月）短編集『緑の旗、その他の戦とスポーツ物語集』出版される。（十月）『大ボーア戦争』出版される。エディンバラ中央区から自由統一党候補として、国会議員選挙に立候補するも落選。

一九〇一年　（八月）「シャーロック・ホームズの別の冒険物語」の副題付きで、「ストランド・マガジン」誌に『バスカヴィル家の犬』の連載始まる。

一九〇二年　（一月）『南アフリカの戦争──その原因と行為』出版される。フランク・シジウィックが「レンブリッジ・レヴュー」誌（一月二三日号）に寄稿した論文から、いわゆる「シャーロッキアン」の高等批評が始まる。『バスカヴィル家の犬』、単行本としてニューンズ社より出版される。アーサー・コナン・ドイル、不本意ながらも「サー」の称号を授かる。

一九〇三年　（九月）『准将ジェラールの冒険』（邦訳名は『勇将ジェラールの冒険』）（それまでに「ストランド・マガジン」誌に掲載されたものをまとめたもの）、ニューンズ社より出版される。（十月）「シャーロック・ホームズの帰還」シリーズ、「ストランド・マガジン」での連載が始まる。作者自選集が、各巻アーサー・コナン・ドイルの前書き付きで、ロンドンのスミス・エルダー社からは全十二巻本で、ニューヨークのD・アップルトン社からは全一三巻本で出版される。この作者自選集から漏れた作品も数多い。

一九〇四年　「シャーロック・ホームズの帰還」シリーズ、「ストランド・マガジン」誌での連載続く。このシリーズは当初、《アビ農園》（九月）で完結の予定であったが、以前発表された作品中での言及を基にして、《第二の汚点》（十二月）を書き上げた。

一九〇五年　（三月）『シャーロック・ホームズの帰還』、単行本としてニューンズ社より出版される。（十二月）「ストランド・マガジン」誌で「サー・ナイジェル」の連載始まる（一九〇六年十二月完結）。

一九〇六年　（十一月）『サー・ナイジェル』単行本として出版される。アーサー・コナン・ドイル、ハーウィック選挙区で統一党から国会議員に立候補するも落選。（七月四日）レディ・コナン・ドイルこと妻ルイーズ（「トーイ」）、亡くなり、強く影響を受ける。

一九〇七年　ジョージ・エダルジの汚名（一九〇三年、家畜へ傷害を加えたかどで有罪の判決を受けた）をそそいでやる。（九月一八日）ジーン・レッキーと結婚。（十一月）自らが読んで影響を受けた作家や本のことを書いた『魔法の扉を通って』〔『シャーロック・ホームズの読書談義』の題で邦訳あり〕出版される(同傾向の論評が、一八九四年に「グレート・ソウト」誌に連載されている)。

一九〇八年　サセックス州クロウボロウのウィンドルシャムに移る。(一月)シドニー・パジェット没。(九月)『炉辺物語』出版される。この短編集には、「ストランド・マガジン」誌には発表されなかった短編も含まれている。(九月〜十月)「ジョン・スコット・エクルズ氏の奇妙な経験」(後に《ウィスタリア荘》と改題される)、「ストランド・マガジン」誌に掲載される。これ以降、ホームズ物語が時折り「ストランド・マガジン」誌に掲載される。

一九〇九年　離婚法改革同盟の会長となる(一九一九年まで)。デニス・パーシー・スチュワート・コナン・ドイル生まれる。コンゴ植民地におけるベルギーの圧制に対し、反対の論陣を張る。

一九一〇年　(九月)ジェラール准将を主人公とする、最後の物語となった「准将の結婚」、「ストランド・マガジン」誌に掲載される。(十二月)ホームズ物語のひとつである《悪魔の足》、掲載される。アデルフィ劇場を六ヶ月間借り切る。《まだらの紐》の芝居はこの劇場で初演され、三四六回公演される。アドリアン・マルコム・コナン・ドイル生まれる。

一九一一年　（四月）短編集『最後のガレー船』（所収の短編の大半は歴史物である）出版される。《赤い輪》（三月～四月）と《フランシス・カーファクス姫の失踪》の二編のホームズ物語が、「ストランド・マガジン」誌に掲載される。サー・ロジャー・ケイスメントからの影響を受け、アイルランド自治法案に賛意を表明する。

一九一二年　（四月～十一月）最初のチャレンジャー教授を主人公とする物語、「失われた世界」を「ストランド・マガジン」誌に発表する。単行本は十月に出版された。ジーン・リーナ・アネッテ・コナン・ドイル（後の英国空軍准将デーム・ジーン・コナン・ドイル、レディ・バロメット）生まれる。

一九一三年　（二月）「大英帝国と次の戦争」を（「フォートナイトリイ・レビュー」誌に）発表する。（八月）二番目のチャレンジャー教授物語である『毒ガス帯』出版される。（十二月）《瀕死の探偵》、「ストランド・マガジン」誌に発表される。英仏海峡トンネル建設を主張する。

一九一四年　（七月）「危険！」――戦時において、英国が海上封鎖される危険性を警告する短編――が「ストランド・マガジン」誌に掲載される。（八月四日）英国、ドイツに対して宣戦布告をする。アーサー・コナン・ドイル、民間人による義勇軍を組織する。

一九一四年～一五年　（九月）《恐怖の谷》、「ストランド・マガジン」誌上での連載開始（一九一五年五月完結）。

一九一五年　（二月二七日）『恐怖の谷』、ニューヨークのジョージ・H・ドーラン社から単行本として出版される。（六月）『恐怖の谷』、ロンドンのスミス・エルダー社から単行本として出版される（後になってレジナルド・スミスが亡くなり、会社ごとジョン・マレイ社に売却された際に、その他のアーサー・コナン・ドイルの作品と共に、発表権はジョン・マレイ社に移管された）。五本のホームズ映画、ドイツで封切られる（戦争中に、ドイツでは十本以上が封切られる）。

一九一六年　（四～五月）「一九一四年のフランス及びフランダースにおける、英国軍の軍事行動」の最初の部分が、「ストランド・マガジン」誌に掲載される。（八月）『前線三ヶ所の訪問記』出版される。サー・ロジャー・ケイスメント、ダブリンでの復活祭蜂起の後大逆罪で逮捕され、アーサー・コナン・ドイル達の減刑嘆願にもかかわらず、処刑される。

一九一七年　「ストランド・マガジン」誌に書いた、一九一六年の軍事行動の歴史、戦時検閲によって削除処分を受ける。（九月）《最後の挨拶》、「ストランド・マガジン」誌に掲載される。（十月）ジョン・マレイ社より（《ボール箱》を収めた）『シャーロック・ホームズ最後の挨拶』出版される。

一九一八年　『新たなる啓示』を出版し、自分が心霊論者であることを宣言する。（十二月）『「危険！」とその他の物語』出版される。一九一六年及び一九一七年の軍事行動についての記述を「ストランド・マガジン」誌に掲載することが許可される。しかし、一九一八年の分については掲載されなかった。長男のキングスリー・コナン・ドイル大尉、戦争による負傷療養中にインフルエンザを併発し病没する。

一九一九年　弟のイネス・ドイル准将、戦争の後にかかった肺炎のため病没する。

一九二〇年〜三〇年　心霊学の普及のため世界各地を訪れる。

一九二一年〜二二年　アーサー・コナン・ドイルの一幕物の芝居『王冠のダイヤモンド』、ホームズにデニス・ニルスン-テリーが扮し、各地で上演される。（一九二一年十月）《マザリンの宝石》（明らかに『王冠のダイヤモンド』を基にしている）、「ストランド・マガジン」誌に連載される。母メアリー・フォリー・ドイル没する。

一九二二年　（二月〜三月）《トール橋》、「ストランド・マガジン」誌に掲載される。（七月）ホームズ物語以外の短編をまとめた六巻本が、ジョン・マレイ社より出版される。六巻の題名は、以下の通りである。『リングとキャンプの物語』『海賊と青い海の物語』『恐怖と謎の物語』『薄暮と眼には見えぬ世界の物語』『冒険と医師の物語』そして『昔の物語』（この巻は十一月に出版された）。（九月）詩選集がジョン・マレイ社より出版される。

一九二三年　（三月）《這う男》、「ストランド・マガジン」誌に掲載される。

一九二四年　（一月）《サセックスの吸血鬼》、「ストランド・マガジン」誌に掲載される。（六月）自身によるホームズ物語のパスティシュである「いかにしてワトスンはトリックを学んだか」が、『女王陛下の人形の家図書館』の豆本用に書かれる。（九月）自伝『わが思い出と冒険』出版される（加筆と削除を加えて一九三〇年に再刊される）。

一九二五年　（一月）《三人ガリデブ》、（二～三月）《高名の依頼人》が「ストランド・マガジン」誌に掲載される。（七月）チャレンジャー教授を主人公とする、心霊学論者の小説である「霧の国」、「ストランド・マガジン」での連載始まる。

一九二六年　（三月）『霧の国』の単行本出版される。「ストランド・マガジン」誌に、《三破風館》（十月）、《白面の兵士》（十一月）、《ライオンのたてがみ》（十二月）が掲載される。

一九二七年　「ストランド・マガジン」誌に、《隠居絵具屋》（一月）、《覆面の下宿人》（二月）、《ショスコム荘》（四月）が掲載される。（六月）『シャーロック・ホームズの事件簿』、ジョン・マレイ社より出版される。

一九二八年　（十月）『シャーロック・ホームズ短編小説全集』、ジョン・マレイ社より出版される。

一九二九年　（六月）『コナン・ドイル作品集』（一九二二年にジョン・マレイ社から出版された、六巻本を一冊にしたもの）出版される。（七月）『マラコット深海、及びその他の物語』出版される。この本は、アーサー・コナン・ドイル最後の小説集だった。

一九三〇年　七月七日午前八時三十分没。「教育に終わりなしさ、ワトスン。勉強また勉強でね、おしまいに最大の勉強が来る」（《赤い輪》より）

訳者あとがき

別掲のオックスフォード版の解説は詳しすぎるので、簡潔に原著出版前後の状況を記しておきたい。

著者アーサー・コナン・ドイルは、一八八一年にエディンバラ大学医学部を卒業して、翌年ポーツマス市のサウスシーに移り、エルム・グローヴとカッスル・ロードの交差点の南側にあったブッシュ・ヴィラズ1という建物で全科医を開業した。ひどく貧乏で、食事も満足に食べることが出来ないほどだったが、医業も次第に軌道に乗りはじめた一八八六年に書いたのが、この作品である。最初はシェリンフォード・ホームズとオーモンド・サッカーを主人公の名前にしようと思ったのを、シャーロック・ホームズとジョン・H・ワトスンに改めた。ホームズのモデルは、エディンバラ大学の外科医ジョウゼフ・ベルだった。書名も「もつれた糸かせ」にするつもりだったのを「緋色の習作」に変更した。ホームズ物語としては第一作であり、「コーンヒル」誌、アロースミス社、ウォーン社に持ち込んでも出版を断られ、最後にワード・ロック社に丸一年も原稿を寝かされたあげくに

「『ビートンのクリスマス年刊』に載せるまで待つならば採用してあげましょう」と言われて、ドイルはたった二十五ポンド（約六〇万円）でこの長編原稿を売ってしまった。ドイルがのちに「ストランド・マガジン」誌に連載したホームズ物語の最初の短編六作の原稿料は一作につき平均三十ポンド（七二万円）だった事を考え併せると、ワード・ロック社の支払いがどんなに安かったかがわかる。

一八八七年十二月に発行されたこの《緋色の習作》掲載誌は世界中に十三冊しか現存しておらず、昨年にはその一冊がサザビーのオークションにかけられ二九〇万円で落札されたというほどの稀覯本となっている。一時は四〇〇〇万円ともいわれていた。この作品は出版後もほとんど反響がなかったが、一八八九年に米国のリピンコット社の目に留まり、第二作の執筆を依頼された。それで書いたのが、第二作《四つのサイン》であり、同時に依頼されたオスカー・ワイルドは「ドリアン・グレイの肖像」を著わした。しかし、ホームズ物語が人気を博したのは、第三作以下の連作短篇を「ストランド・マガジン」に掲載し始めてからのことである。つまり、第一作と第二作は、第三作《ボヘミアの醜聞》の呼び水になったという点で意味があったにすぎなかった。

《緋色の習作》で興味があるのは、この作品にも著者ドイルの無意識が色濃く反映していることである。ドイルは上に述べた原稿の安売りを余程残念に思っていたらしく、ホームズ物語の中で二回もその金額を記載している。《赤毛組合》のジェイベズ・ウィルソンは筆写代金として「およそ三十ポンド貰った」し、《唇の捩《ね》じれた男》のセントクレアも負債二十五ポンドを払うために乞食になって十日間でその二十五ポンドをかせいだ。（ドイルは短篇一作を平均十日で書き上げたのであった。）ドイルは高貴な医業を放棄して、売文業に転落し、原稿を安く叩き売ったことを後悔していたのである。

ドイルの無意識がホームズ物語に投影されていることについては、一九九四年十月十日号「ＡＥＲＡ」誌（朝日新聞社発行）五〇ページに詳しく述べたので、ここではあらましを記すに留めるが、ドイルは母を憎んでおり、その心理やドイル家の実情をホームズ物語という形で告白しているというのが、私どもの年来の主張である。憎しみの原因は、ドイルの父親が精神病院に長期間入院している留守中に、下宿していた十四歳年下の医師ウォーラーと母親メアリーとが愛しあう仲になり、ドイルがポーツマスに移った一八八二年にはウォーラーの故郷に愛人どうしの二人で引っ越して、ウォーラー家の隣に母親が三十五年間暮らしたことである。このスキャンダルをドイルはひたかくしにしていたが、私どもが一九九二年十月末に彼らの住んでいたマッソンギル村を現地調査して数人の証人を捜し出し、確認した。幸いにも、ウォーラー家の家政婦をしていた婦人がまだ存命中で、愛人関係について説明してもらうこともできた。《緋色の習作》には一夫多妻や結婚を巡るトラブルが主題として扱われており、この後に書かれた作品でもずっと影を落としている結婚、恋愛、婚外恋愛などのドイルが苦しんでいた問題が早くも第一作で登場している事実は注目に値する。《緋色の習作》は、自分の恋人を横取りして結婚した男に復讐をする物語であるが、自分の母親を横取りして愛人として住まわせた男にドイルが復讐をしたがっていたことの象徴的記述として読み取ることもできよう。

サミュエル・ローゼンバーグの『シャーロック・ホームズの死と復活』（河出書房新社、一九八二年）が、《緋色の習作》をコナン・ドイル症候群が明確に現われている例として挙げていることも記しておきたい。この症候群は、「性にまつわる記述が出てくるとそのすぐ後に殺人が記される」という、ホームズ物語に頻出するドイルの癖を指す。性に触れた汚らわしい自分をドイルが殺人罪に値するとして、自らを罰していたと考えられる。ウォーラー事件と考え併せると理解できよう。

なお、ジェームズ・ジョイスの「ユリシーズ」の基本的骨格が「緋色の習作」から採られていることを指摘しているのも同書である。

この邦訳全集の出版については河出書房新社編集部の内藤憲吾さん、福島紀幸さんに大変お世話になった。厚くお礼を申し上げたい。本文以外の部分の邦訳にご尽力いただいた高田寛さん、いろいろご教示下さった日本シャーロック・ホームズ・クラブ会員の皆さんにも感謝している。

一九九七年一月

小林司／東山あかね

文庫版によせて

このたび念願の「オックスフォード大学出版社版の注・解説付　シャーロック・ホームズ全集」の文庫化が実現し非常に嬉しく思います。今回は中・高生の方々にも気軽に親しんでいただきたいと考えて、注釈部分は簡略化して、さらに解説につきまして若干短くまとめたものを再録することにしました。これを機会にさらにシャーロック・ホームズを深く読み込んでみたいと思われる読者の方には、親本となります全集の注釈をご参照いただくことをおすすめします。

また、文庫化にあたりまして、注釈部分を切り離して本文と並行して読めるようにページだてを工夫していただいてあります。河出書房新社編集部の携木敏男さんと竹花進さんには大変お世話になり感謝しております。

二〇一四年一月

東山　あかね

＊非営利の趣味の団体の日本シャーロック・ホームズ・クラブに入会を希望されるかたは返信用の封筒と八二円切手を二枚同封のうえ会則をご請求下さい。
一七八－〇〇六二　東京都練馬区大泉町二－五五－八
日本シャーロック・ホームズ・クラブ　KB係
またホームページ http://holmesjapan.jp からも入会申込書がダウンロードできます。

「緋色の習作」のなかに、モルモン教に関して、現状にそぐわない不適切な記述がみられます。

モルモン教は、正式には末日聖徒イエス・キリスト教会と言い、キリスト教の一派で、アメリカ合衆国ユタ州に本部があり、現在、一千万人の会員がいます。一夫多妻は一八九〇年以後は廃止されています。また、「神聖会議」というのはアーサー・コナン・ドイルの造語で、実在しません。

詳しくは、本書の「はじめに」「注」をお読みください。

河出書房新社編集部

A Study in Scarlet
Introduction, Chronology and Notes

A Study in Scarlet, First Edition was originally published in English in 1993.
This is an abridged edition of the Japanese translation first published in 2014, by arrangement with Oxford University Press.

シャーロック・ホームズ全集《ぜんしゅう》①
緋《ひ》色《いろ》の習作《しゅうさく》

二〇一四年 三 月二〇日 初版発行
二〇一五年 五 月二〇日 5刷発行

著 者 アーサー・コナン・ドイル
注・解説・年譜 O・D・エドワーズ
訳 者 小林《こばやし》司《つかさ》／東山《ひがしやま》あかね
発行者 小野寺優
発行所 株式会社河出書房新社
〒一五一－〇〇五一
東京都渋谷区千駄ヶ谷二－三二－二
電話〇三－三四〇四－八六一一（編集）
〇三－三四〇四－一二〇一（営業）
http://www.kawade.co.jp/

ロゴ・表紙デザイン 粟津潔
本文フォーマット 佐々木暁
印刷・製本 中央精版印刷株式会社

Printed in Japan ISBN978-4-309-46611-8

柔かい月

イタロ・カルヴィーノ　脇功〔訳〕　46232-5

変幻自在な語り部 Qfwfg 氏が、あるときは地球の起源の目撃者、あるときは生物の進化過程の生殖細胞となって、宇宙史と生命史の奇想天外な物語を繰り広げる。幻想と科学的認識が高密度で結晶した傑作。

マンハッタン少年日記

ジム・キャロル　梅沢葉子〔訳〕　46279-0

伝説の詩人でロックンローラーのジム・キャロルが十三歳から書き始めた日記をまとめた作品。一九六〇年代ＮＹで一人の少年が出会った様々な体験をみずみずしい筆致で綴り、ケルアックやバロウズにも衝撃を与えた。

ロベルトは今夜

ピエール・クロソウスキー　若林真〔訳〕　46268-4

自宅を訪問する男を相手構わず妻ロベルトに近づかせて不倫の関係を結ばせる夫。「歓待の掟」にとらわれ、原罪に対して自己超越を極めようとする行為の果てには何が待っているのか。衝撃の神学小説！

オン・ザ・ロード

ジャック・ケルアック　青山南〔訳〕　46334-6

安住に否を突きつけ、自由を夢見て、終わらない旅に向かう若者たち。ビート・ジェネレーションの誕生を告げ、その後のあらゆる文化に決定的な影響を与えつづけた不滅の青春の書が半世紀ぶりの新訳で甦る。

孤独な旅人

ジャック・ケルアック　中上哲夫〔訳〕　46248-6

『路上』によって一躍ベストセラー作家となったケルアックが、サンフランシスコ、メキシコ、ＮＹ、カナダ国境、モロッコ、南仏、パリ、ロンドンに至る体験を、詩的で瞑想的な文体で生き生きと描いた魅惑的な一冊。

大胯びらき

ジャン・コクトー　澁澤龍彦〔訳〕　46228-8

「大胯びらき」とはバレエの用語で胯が床につくまで両脚を広げること。この小説では、少年期と青年期の間の大きな距離を暗示している。数々の前衛芸術家たちと交友した天才詩人の名作。澁澤訳による傑作集。

エドワード・ゴーリーが愛する12の怪談　憑かれた鏡

ディケンズ／ストーカー他　E・ゴーリー〔編〕　柴田元幸他〔訳〕　46374-2

典型的な幽霊屋敷ものから、悪趣味ギリギリの犯罪もの、秘術を上手く料理したミステリまで、奇才が選りすぐった怪奇小説アンソロジー。全収録作品に描き下ろし挿絵が付いた決定版！　解説＝濱中利信

恋の罪

マルキ・ド・サド　澁澤龍彦〔訳〕　46046-8

ヴァンセンヌ獄中で書かれた処女作「末期の対話」をはじめ、五十篇にのぼる中・短篇の中から精選されたサドの短篇傑作集。短篇作家としてのサドの魅力をあますところなく伝える十三篇を収録。

プレシャス

サファイア　東江一紀〔訳〕　46332-2

父親のレイプで二度も妊娠し、母親の虐待に打ちのめされてハーレムで生きる、十六歳の少女プレシャス。そんな彼女が読み書きを教えるレイン先生に出会い、魂の詩人となっていく。山田詠美推薦。映画化。

花のノートルダム

ジャン・ジュネ　鈴木創士〔訳〕　46313-1

神話的な殺人者・花のノートルダムをはじめ汚辱に塗れた「ごろつき」たちの生と死を燦然たる文体によって奇蹟に変えた希代の名作にして作家ジュネの獄中からのデビュー作が全く新しい訳文によって甦る。

ブレストの乱暴者

ジャン・ジュネ　澁澤龍彦〔訳〕　46224-0

霧が立ちこめる港町ブレストを舞台に、言葉の魔術師ジャン・ジュネが描く、愛と裏切りの物語。“分身・殺人・同性愛”をテーマに、サルトルやデリダを驚愕させた現代文学の極北が、澁澤龍彦の名訳で今、甦る!!

なしくずしの死　上・下

L-F・セリーヌ　高坂和彦〔訳〕　46219-6 / 46220-2

反抗と罵りと怒りを爆発させ、人生のあらゆる問いに対して〈ノン！〉を浴びせる、狂憤に満ちた「悪魔の書」。その恐るべきアナーキーな破壊的文体で、二十世紀の最も重要な衝撃作のひとつとなった。

オーメン

デヴィッド・セルツァー　中田耕治〔訳〕　46269-1

待望の初子が死産であったことを妻に告げずに、みなし子を養子に迎えた外交官。その子〈デミアン〉こそ、聖書に出現を予言されていた悪魔であった。映画「オーメン」(一九七六年) の脚本家による小説版！

愛人 ラマン

マルグリット・デュラス　清水徹〔訳〕　46092-5

十八歳でわたしは年老いた！　仏領インドシナを舞台に、十五歳のときの、金持ちの中国人青年との最初の性愛経験を語った自伝的作品として、センセーションを捲き起こした、世界的ベストセラー。映画化原作。

北の愛人

マルグリット・デュラス　清水徹〔訳〕　46161-8

『愛人 ラマン』のモデルだった中国人が亡くなったことを知ったデュラスは、「華北の愛人と少女の物語」を再度一気に書き上げた。狂おしいほどの幸福感に満ちた作品。

ロビンソン・クルーソー

デフォー　武田将明〔訳〕　46362-9

二十七歳の時に南米の無人島に漂着した主人公が、自己との対話を重ねながら、工夫をこらして農耕や牧畜を営んでいく。近代的人間の原型として、多様なジャンルに影響を与えた古典的名作を読みやすい新訳で。

類推の山

ルネ・ドーマル　巖谷國士〔訳〕　46156-4

これまで知られたどの山よりもはるかに高く、光の過剰ゆえに不可視のまま世界の中心にそびえている時空の原点——類推の山。真の精神の旅を、新しい希望とともに描き出したシュルレアリスム小説の傑作。

裸のランチ

ウィリアム・バロウズ　鮎川信夫〔訳〕　46231-8

クローネンバーグが映画化したW・バロウズの代表作にして、ケルアックやギンズバーグなどビートニク文学の中でも最高峰作品。麻薬中毒の幻覚や混乱した超現実的イメージが全く前衛的な世界へ誘う。